SV

Band 987 der Bibliothek Suhrkamp

René Crevel
Der schwierige Tod

Aus dem Französischen
von Hans Feist

Suhrkamp Verlag

Titel der 1926 erschienenen Originalausgabe:
La mort difficile

Die Übersetzung erschien 1930 im S. Fischer Verlag Berlin

Erste Auflage 1988

Druck: Nomos Verlagsgesellschaft, Baden-Baden
Printed in Germany

Der schwierige Tod

I VON DEN WURZELN

Madame Dumont-Dufour und Madame Blok unterhalten sich über ihr Mißgeschick, natürlich also über ihre Gatten.

Madame Dumont-Dufour – wäre sie als Mann zur Welt gekommen, sie wäre gewiß Jurist geworden wie ihr verstorbener Vater, der Präsident Dufour – schweift schon vom einzelnen ins allgemeine, von der Aufzählung persönlicher Schandtaten zu weitgehendster Anklage gegen die Gesellschaft und die Gesetze.

Ja ja, die Gesetze! Ist ihr Stumpfsinn nicht allzu groß? Wie toll auch Herr Dumont es getrieben hat, seine arme Frau hat noch heute nicht das Recht zur Scheidung.

In Ermangelung des Himmels schlägt sie die Blicke hilfeflehend zur Zimmerdecke empor und gestikuliert so gewaltig mit den Händen, daß Madame Blok sich im stillen denkt, Madame Dumont-Dufour gehöre doch eigentlich in einen Salon mit fünfundsiebzig Kerzenleuchtern und ebensoviel Konzertflügeln.

Aber was Madame Dumont heraufbeschwört, ist mehr als nur ein Salon, ist ein Land, ein ganzer Kontinent, ja größer noch: ist das Reich ihrer Erinnerungen. Ein Meer ist es, durch das eine versunkene Stadt aufschimmert und auf dessen Grund tief unten Madame Dumont-Dufours Träume schlummern.

Und was blieb ihr denn eigentlich? – Klagen. Sonst nichts. Gehörte sie zu den Verblendeten, die von Einbildungen leben können, vielleicht würde sie dann den ganzen Tag lang imaginäre Rachepläne schmieden. Sie, die Prunkliebende, die von Visitenkarten mit Wappen und Titeln träumt, von Leichengespannen mit wallenden Federbüschen und Lilien ohne Blütenstaub, wird sie jemals all ihre hochfliegenden Wünsche und Hoffnungen erfüllen können? Gäbe es eine irdische Gerechtigkeit, sie dürfte noch auf Erden an ihrem Lebensabend die Honneurs machen in einem Reiche von Erinnerungen, so vornehm wie das Versailles der Maintenon.

Statt dessen muß sie sich ihrer Hinterzimmer schämen und ständig darunter leiden, daß sie nichts besitzt, den Neid der Madame Blok zu erwecken. Das Reich ihrer Erinnerungen! Eine ärmliche Dachkammer ist's, aus der sie nicht einmal die Trümmer ihrer Ehe forträumen darf, weil ja das Gesetz – ach, ja, das Gesetz – ihr die Scheidung untersagt.

Weiß Madame Blok weswegen?

Madame Blok weiß nicht weswegen.

Sie möchte es gern wissen, aber andererseits fürchtet sie auch wieder für indiskret zu gelten.

Indiskret?

Eine königliche Handbewegung beschwichtigt Zweifel.

Indiskret?

Haben sie denn Geheimnisse, die eine vor der andern? Da sie gelitten haben, eine wie die andere, warum in ihren heimlichen Gesprächen die Männer schonen, diese Henkersknechte? Sind sie nicht, wie sie hier beisammensitzen – zwei Frauen in einem Salon in Auteuil –, sind sie nicht Schwestern im Leid?!

Ha, Schwestern im Leid. Dies Wort muß sich einbürgern. Madame Dumont-Dufour schwingt es wie eine Standarte und wird gewiß ähnliche Wirkungen damit erzielen wie Lamartine mit der Trikolore Frankreichs. Wie eine Ägis trägt sie's, wie ein Feldzeichen. Lamartine am Fenster des Rathauses war nur ein Stümper gegen sie. Besitzt sie doch noch weit seltenere Eigenschaften als Beredsamkeit, und Madame Blok, die ihre französische Geschichte kennt, fühlt sich an Henry IV. erinnert. Zwar sieht man keinen weißen Helmbusch im Winde wehen, aber man weiß doch, daß man dem Führer nur zu folgen braucht. Man bedenke: Schwestern im Leid.

Schweigen. Zwei reglose Körper scheinen ausgehöhlt. Madame Dumont-Dufour selbst spürt das Unendliche durch die Leere, und fast fühlt sie sich, als hätte man ihr die Seele mit einem Vakuumreiniger ausgesogen.

Jetzt benetzen sich die Augenlider der Madame Blok. Aber nicht die traurigen Erinnerungen, auch nicht all die Zärtlichkeit, die man ihr zusammen mit Tee und Toast auftischte, noch auch die verzweifelten Ausblicke, die Madame Dumont-Dufour mit jedem Absatz ihrer Reden panoramaartig zu eröffnen verstand, bedingten diese feuchten Wimpern, diese zitternden Nasenflügel. Nein, diesmal lag die Wahrheit woanders. Madame Blok war einfach hungrig – hungrig nach Wissen.

Madame Blok wohnte mit ihrer einzigen Tochter Diana zusammen. Diana ist immer und überall zu sehen – im Kino, im Theater, bei Freunden und Gott weiß wo sonst noch ein modernes junges Mädchen sich herumtreiben mag –, Diana, die viel aufgeklärter ist als ihre Mutter, die tanzt und malt und Cocktails trinkt und nur mit Künstlern verkehrt, Diana spricht nicht. Wenn sie heimkommt, schlingt sie nur eins, zwei, drei ihre Mahlzeiten herunter; ihr Mund öffnet sich überhaupt nur, um zu essen. Und daher kommt's, daß ihre arme Mutter gar nichts von der Welt erfährt, von der ihr Unglück sie getrennt hat.

Freilich ist da noch Vetter Bricoulet – Honoré Bricoulet. Regelmäßig erscheint er morgens gegen zehn Uhr, küßt

Madame Blok auf beide Wangen und gibt ihr zu verstehen, daß ein Witwer – Madama Bricoulet wurde vor bald zehn Jahren der Zärtlichkeit ihres geliebten Honoré entrissen – und eine Witib – Monsieur Blok hatte sich vor mehr als zwei Lustren selbst den Tod gegeben – ein prächtiges Paar abgeben könnten. Madame Blok wird gerührt. Vetter Bricoulet erkundigt sich nach ihrem Vermögensstand, fragt jedesmal nach neuen Einzelheiten über den Selbstmord des Herrn Blok und entschließt sich erst in dem Augenblick den Belagerungszustand aufzugeben, wo Diana nach Hause kommt und dem Vetter, den sie nicht leiden kann, statt eines Grußes irgendeine Unverschämtheit zuruft.

Kaum ist Bricoulet fort, so faßt sich Madame Blok ein Herz und weist ihre Tochter zurecht.

»Du warst wieder recht unliebenswürdig zu Vetter Honoré.«

»Ach dieser häßliche Enterich.« (Bricoulet spricht nämlich etwas durch die Nase.)

»Diana, wie ungerecht du bist.«

»Gewiß hat er dir wieder Liebeserklärungen oder einen Heiratsantrag gemacht. Arme Mutter, auf unsere paar Groschen hat er es abgesehen. Ein ganz geriebener Fuchs. Eine Laus würde er noch rupfen.«

Diana trällert vor sich hin:

»Bricoulet, Bricoucou,
Eine Laus
Rupftest du.
Eine Laus, eine Laus
Nähmest du,
Bricoucou,
Noch aus.«

Und dann: »Hütet Euch vor Bricoulet, Mutter.«
»Diana, dein Haß macht dich blind.«
»Er interessiert sich gar nicht für dich, sondern nur für dein Unglück. Das Traurige reizt ihn. Einen komischen Geschmack hat dein Honoré. Ich hörte, Kalbszunge ist sein Lieblingsgericht. Er hat den gleichen Geschmack wie seine Katze.«
Diana läßt nicht nach. Bricoulet interessiert sie. Und das schlimmste ist, daß Bricoulet diese Feindseligkeiten schon bemerkt hat und seine Konsequenzen daraus zieht. Seine Besuche werden schon seltener. Und das gerade jetzt, wo Madame Blok sich bei ihm nach Madame Dumont-Dufour erkundigen wollte, nach deren unsichtbarem Gatten, der Honorés Schulfreund war, und auch nach ihrem Sohn Pierre Dumont, der, als nächster Freund und Malkollege Dianas, vielleicht sogar als Schwiegersohn in Betracht käme.
Bricoulet aber rächte sich an der Mutter für die Feindschaft der Tochter, und so konnte sie nichts über Madame Dumont-Dufour erfahren, bis zu diesem Herbstnachmittag in dem düsteren Salon von Auteuil, an dem sie einander nach den eigenen Worten der Madame Dumont-Dufour als »Schwestern im Leid« entdeckten.
Da Madame Blok unvorsichtigerweise zugegeben hatte, daß sie sich das ganze Jahr lang von Neujahr bis Silvester gleichmäßig langweile, ohne andere Zerstreuung als das Konzert Colonne einmal wöchentlich Samstag nachmittags, häuft Madame Dumont-Dufour förmlich die Klatschgeschichten, so daß ihrer Schwester im Unglück die Tränen in die Augen steigen, so wie einem Feinschmecker das Wasser im Munde zusammenläuft bei dem Geruch einer köstlichen Speise.

Und Madame Dumont-Dufour, die ihre Leute mit einem Blick durchschauen kann, erkennt diesen Appetit und weiß deshalb, ihn, geschickt abwartend, bis zum Hauptgericht zu steigern. Zunächst also einige kleine Offenheiten als Hors d'œuvres. Madame Blok beißt sich auf die Lippen, während Madame Dumont-Dufour sich kühn über Menschen, Taten und Dinge erhebt.

Nichts kann diesem Aufschwung widerstehen.

Das Wort »Mitleid« fällt in einem Satz, und gleich entsteht daraus eine Dissertation.

Mitleid, ja, liebe Freundin, Mitleid. Mitleid hin, Mitleid her. Gewiß hat Madame Dumont-Dufour das immer beachtet. Denn ohne Mitleid könnte man ja nicht leben. Aber man weiß ja auch nie, woran man sich eigentlich zu halten hat. Es kommt ja doch so viel hinzu, Unglück, Vererbung, böse Triebe. Arme Madame Dumont-Dufour, trotz ihres klaren Verstandes und ihres tugendhaften Herzens ist ihr nichts geglückt. So ist Pierre, ihr Sohn, dessen Amme eine notorische Säuferin war (Unglück! Unglück!), ein geborener Choleriker. Das hat er übrigens von seinem Vater (Vererbung! Vererbung!), der immer gewalttätig war. Aber das wäre alles nicht schlimm, hätte besagter Pierre nicht so seltsame Neigungen (die bösen Triebe!), über die seine Mutter mit Recht entsetzt ist. Zwar ist seine Neigung für Diana nur erfreulich, aber das Äußerste ist zu befürchten aus seinen Freundschaften für hergelaufene Metöken.

Jawohl, Metöken. Frankreich, Paris und, was das schlimmste ist, Pierre Dumont befinden sich in ihren Händen. Die Jugend ist von Sinnen. Madame Blok mag auf Diana aufpassen können, Madame Dumont-Dufour muß Pierre aber seinen Weg gehen lassen, und es kostet sie so manche schlaflose Nacht. Die jungen Leute des zwanzigsten Jahrhunderts sind wirklich zu vielen Versuchungen des modernen Babylon ausgesetzt. Als Madame Blok und Madame Dumont-Dufour jung waren, da verliebten sich die jungen Leute in die Damen von Maxim, und die jungen Mädchen träumten allenfalls von Zigeunern mit schönen Schnurrbärten. Heute treten an die Stelle der Damen von Maxim abenteuerliche Individuen aller Länder und Geschlechter, und an die Stelle der schnurrbärtigen Zigeuner im besten Fall saxophonblasende Neger. Man hat sich Laster und tückische Tränke und Rauschgifte ausgedacht, und wohin soll das alles noch führen? Madame Dumont-Dufour weiß ganz genau, weshalb sie das Wort Mitleid gebraucht hat. Ach Gott, was das Leben doch alles für traurige Erfahrungen mit sich bringt – Madame Blok in ihrem Aubussonsessel neben dem Klavier platzt förmlich vor Ungeduld, während Madame Dumont-Dufour, in die heute wahrlich die Seele eines Gerichtspräsidenten gefahren ist, eine schier ungeahnte Beredsamkeit entwickelt. Ihre Stimme gleitet mit der Majestät eines dunklen Schwans über das Unglück. Soll sie wohl zwischen diesen Möbeln, die Zeugen ihres ganzen Leidens waren, angesichts einer Besucherin sterben, die ihrem Flug nicht folgen kann? Fast hält sie schon ihre eigene Leichenrede, drückt auf einzelne Silben, zieht sie künstlich in die Länge, wirft sie wie Bälle in die Luft, fängt sie wieder und streichelt sie mit der Zunge, als trügen sie die Verkündigung eines ewig befreienden Schlafes in sich. Einen Augenblick lang will sie Waffen aus ihnen machen, sich gegen Pierres Bosheit zu verteidigen, und schon ist's, als winde sie Blumen zu Kränzen, und die Kränze werden zu Stoffen und Schleiern, in die sie sich einhüllt als Monument ehelichen Unglücks. So stellt sie sich vor Madame Blok dar, die immer ärgerlicher wird und sich bald versucht fühlt, sie ganz ultimativ zu fragen:

Werden Sie mir nun auf der Stelle erzählen, warum Sie sich nicht scheiden lassen können, oder –?
Madame Blok will ein Ende machen, um jeden Preis. Deshalb sagt sie in fast heiterem Ton: Man muß eben nicht allzu streng sein! »Richtig, richtig, aber auch das hat seine Grenzen«, legt Madame Dumont-Dufour, die Unermüdliche, aufs neue los. Hat nicht Herr Dumont sich so unanständig aufgeführt, daß sie, die schon in den Flitterwochen sich ihm fremd fühlte, von vornherein ihrem ehelichen Namen den so viel wohlklingenderen ihres verstorbenen Vaters, des Präsidenten Dufour, beigefügt hat.
Und so wurde aus Madame Edgar Dumont eine Madame Dumont-Dufour!
Tatsächlich sind die beiden Zwillingsnamen rechts und links vom Bindestrich etwas wie ein Trost für sie, aber andererseits verschmäht sie so leichten Erfolg und will gar nicht zeigen, daß sie stolz darauf ist, in Gegenwart von Madame Blok, die sie für eine Jüdin hält, sich Madame Dumont-Dufour zu nennen.
Solch ein Doppelname in all seiner Schlichtheit und Einfachheit, ist er nicht ein Symbol dafür, was ein Adel der dritten Republik bedeuten könnte? Verstünde man doch noch, den Mittelstand in Frankreich richtig zu ehren! Ein Stand, teuerste Freundin, der der Nation seit je ihre vortrefflichsten Diener stellte.
So ist Madame Dumont-Dufour zum Beispiel die Tochter eines Richters, und ihr Gatte, der Unwürdige, war doch immerhin Oberst.
Pause.
Nanu, das hat ja aber Vetter Bricoulet der Madame Blok niemals erzählt, daß Herr Dumont Oberst war! Damit erklärt sich ja manches. Und Madame Blok füllt den Salon

in Auteuil mit einem »Ah!«, dem Ausruf ähnlich, den Christoph Kolumbus ausgestoßen haben mag, als er zum erstenmal die Küste Amerikas sah.
»Aber nein, Verehrteste« – Madame Dumont-Dufour muß dies Triumphgeschrei unterbrechen –, »glauben Sie ja nicht, daß ich mich scheiden ließe, weil Herr Dumont Oberst ist, o nein! Und auch nicht, daß ich Visitenkarten ohne Vornamen habe. Das ist doch das Allertraurigste, nicht wahr?«
Madame Blok bewegt langsam ihren Kopf von oben nach unten, und dann von rechts nach links.
Die andere aber fährt unermüdlich fort: »Ich bin noch keine vierundvierzig Jahre alt, und kein Mensch ruft mich mehr Louisa, so wie mich einst meine Patentante taufte ––«
Nach all dem Unglück auch noch die Patentante!
Nein, alles kann sich Madame Blok denn doch nicht gefallen lassen.
»Ihre Patentante hat ganz recht gehabt, Sie Louisa zu taufen. Kein Grund, sich zu beklagen. Louisa Dufour, wie reizend! Zu schade, daß Ihnen die Scheidung nicht erlaubt ist, daß Sie Ihr Leben nicht neu beginnen können.«
Wie rote Zünglein auf einem Froschteich, so springen die Worte »Scheidung« und »Leben wieder neu beginnen« von Madame Bloks Lippen, und Madame Dumont-Dufour wiederholt, auf jeder Silbe ein wenig ausruhend: »Leben wieder neu beginnen!«
Madame Blok aber erneuert ihren heimlichen Schwur, nicht zu ruhen noch zu rasten, bevor sie nicht weiß, weshalb die andere nicht geschieden wurde.
»Und wie ist Ihr Vorname, teuerste Freundin?« wird dieser Gedankengang unterbrochen.
»Hermine!«
Nun geht es los.

»Hermine, wie süß!«

»Louisa, wie energisch!«

»Hermine, wie unschuldsvoll!«

»Louisa, wie spirituell!«

»Hermine, ein Name für eine Blondine!« Madame Blok ist nämlich blond.)

»Louisa, ein Name für eine Brünette!« (Madame Dumont-Dufour ist schwarz wie Tinte.)

»Hermine, der richtige Name für eine liebende Frau!«

»Louisa« (Madame Blok läßt sich nicht lumpen), »der richtige Name für eine Kaiserin!«

»Wirklich, gefällt Ihnen Louisa?«

»Das will ich meinen!«

Und listig, ohne es sich anmerken zu lassen, kehrt Madame Blok wieder zu ihrem Ausgangspunkt zurück.

»Louisa Dufour, wie das klingt! Zu schade, daß Sie sich nicht scheiden lassen können!«

»Zu schade, jawohl. Aber Sie glauben nicht, wie mich das freut, daß Sie den Namen Louisa so hübsch finden. Mein Sohn Pierre ärgert mich immer damit. Er behauptet – die Kinder heutzutage haben ja jeden Respekt verloren –, Louisa sei ein Name für ein Soldatenliebchen. Kürzlich wagte er das sogar vor Ihrem Vetter Bricoulet zu sagen. Ich hätte ihn am liebsten geohrfeigt. Als ob mein Vater mich wie ein Soldatenliebchen hätte taufen lassen!«

Madame Bloks Stiefelabsätze treten fast den Teppich durch.

»Teuerste Freundin, Sie sagten doch, daß Sie sich nicht scheiden lassen dürfen. Warum denn nicht?«

Das Opfer der Gesetze reißt sich zusammen:

»Oberst Dumont ist nämlich ––«

Bei so vertraulichen Mitteilungen pflegt die Stimme am

Ende des Satzes zu versagen, und Madame Blok hat nichts verstanden. Sie jammert laut: »Wie? Was?«
Da – als letzte Steigerung – ruft man aus (und jetzt mit triumphierender Stimme):
»Dumont ist verrückt, verrückt, verrückt!«
Das klingt in Madame Bloks Ohren wie der Gesang von Pan und Phöbe im gestrigen Konzert Colonne.
»Verrückt! Verrückt! Verrückt! Sein Verstand ist verwirrt!«
Nun aber ist es ein Duett zu Ehren eines Obersten der dritten Republik: »Verrückt! Verrückt! Verrückt!«
Madame Dumont-Dufour ist die kurzatmigere von beiden, sie schweigt zuerst. Madame Blok folgt ihrem Beispiel.
Erneute Pause. Madame Blok stellt sich rasch im Geiste den Oberst vor: hoher Militär, gewiß trägt er einen Schnurrbart, der das halbe Gesicht verdeckt nach der Mode von Anno dazumal.
Der Schnurrbart des Obersten! Madame Blok, obschon tugendhaft, trägt schwer an ihrem Witwentum. Diana rät ihr zwar oft, zu heiraten – nur nicht Herrn Bricoulet –, doch im Grunde bleibt Madame Blok aus Furcht vor ihrer Tochter ihrem Dimitri treu. Und diese Tugend wird ihr nicht leicht. Die arme Hermine wird ganz aufgeregt, wenn sie nur an den Schnurrbart des Obersten denkt. Sie reibt sich an den Lehnen ihres Sessels und stellt sich dabei vor, wie der Schnurrbart wohl stechen muß, wenn man küßt. O Gott, wüßte Diana von diesen Gedanken ihrer Mutter! Diana – die Pflicht! Aber vor der Pflicht war Dimitri da – die Liebe! Und jetzt, da Bricoulet nicht in Betracht kommen soll, ist nichts mehr da! Ach, wäre doch wenigstens der Oberst da!
In ihrer guten Zeit hatte Familie Blok ein Landhaus in La Baule. Da war einer ihrer Nachbarn ein Kommandeur mit

goldenen Litzen am Kragen, der ausgezehrt vom gelben Fieber aus Madagaskar heimgekehrt war und immer von sich selbst sagte: »Ich bin dürr wie eine Latte!« Madame Blok schwärmt für magere Männer, hohlleibig wie die frühen Christusbilder. »Dürr wie eine Latte« war gewiß auch der Oberst Dumont. Eine Latte! Mein Gott, Madame Blok wird rot, denn sie denkt an den Doppelsinn, den sie einmal aus einer zweideutigen Revue kennenlernte, in die Blok sie wenige Tage nach ihrer Hochzeit führte. Latte. Sie wird purpurrot, violett. Gott sei Dank ist Madame Dumont-Dufour gerade ganz in die Betrachtung einer Teeserviette vertieft. Ja, ja, der Oberst muß mager gewesen sein. Vielleicht war er in Afrika, und der Tropenkoller hat ihn ausgezehrt. Gewiß hat er auch viel Sport getrieben. Jedenfalls hatte er keinen Bauch gehabt. So sieht sie ihn vor sich. Dürr wie eine – Was? Schon wieder diese sündigen Gedanken. Der Oberst war mager. Punkt. Schluß damit. Und außerdem tragen die Offiziere ja oft Korsetts, wenn sie anfangen ihre Taille zu verlieren. Herr Dumont war ein schöner Mann. Warum, zum Teufel, ist er nur verrückt geworden?
Madame Blok sieht einen Mordskerl in roten Hosen und mit goldenen Tressen vor sich, der tagaus, tagein in einem Anstaltshof hin und her spaziert, die Augen grün im braungebrannten Gesicht, der Schnurrbart endlos. Welch martialische Gestalt. Ein echter Mann. Etwas anders als das Söhnchen, der blonde Pierre, von dem Diana so schwärmt. Freilich hat er auch die grünen Augen. Aber die des Obersten scheinen weiter und heller, weil das Gesicht so braun ist. Die Augen. Vor einem Nichts erschrecken sie und verdunkeln sich. Angstträume ziehen über sie hin und verändern sie wie Wolkenschatten den Spiegel des Sees.
Ein Wahnsinniger.

»Ist der Oberst wirklich ganz richtig verrückt?«
»Und ob«, antwortet seine Frau, »das will ich meinen. Man hat ja nicht einmal das Recht, sich von ihm scheiden zu lassen, so verrückt ist er. Eingesperrt, in einer geschlossenen Anstalt.«
Und sie faßt die Besucherin bei den Händen: »Hermine, arme Hermine!«
»Louisa, ärmste Louisa«, echot es in dem Salon von Auteuil. Zwei Sessel rücken zusammen. Ein Kopf lehnt sich an eine Schulter und weint. Ein Pelz gleitet von der Schulter herunter. Ein Klirren. Und Scherben liegen am Boden. Eine der feinen Porzellantäßchen, die Madame Blok hatte bewundern müssen, ehe man ihr daraus zu trinken gab. Madame Blok sucht verlegen nach Entschuldigungen.
»Aber, Hermine, machen Sie nur kein Aufhebens davon. Was bedeutet ein zerbrochenes Täßchen – selbst von so teurem Porzellan –, wenn man eine liebe Freundin gefunden hat. Denn das sind Sie doch, nicht wahr, Hermine?«
»Ach ja, Louisa, wir verstehen uns gut, denn wir haben beide gelitten. Ich bin zwar nicht so klug und so taktvoll wie Sie –«
»Klugheit wird auch nicht immer belohnt. Sie sehen, ich bin ganz normal, und trotzdem ist mein Mann verrückt.«
Und wieder, als spräche der Gott der Rache selbst aus ihr: »In einer geschlossenen Anstalt ist er. Ein Opfer seiner Ausschweifungen.«
Und nun beginnt Madame Blok zu erzählen, daß sie aus den Berichten Bricoulets, der mit dem Direktor einer Irrenanstalt befreundet sei, mancherlei über die seltsamen Ursachen des Wahnsinns wüßte. Bricoulet bestreitet seine ganze Konversation mit solchen Geschichten. Bei der Suppe fängt er

damit an und hört nicht auf, bis er sich verabschiedet. Die Chronik der Irrenanstalten ist sein Lieblingsthema.

»Aber die Verrücktheiten, von denen Ihr Bricoulet berichtet, sind ein Kinderspiel gegen den Wahnsinn des Obersten.«

»Kinderspiel, sage ich Ihnen. Denken Sie sich zum Beispiel, meine Liebe, seit vier Jahren schreibt der Oberst jeden Morgen denselben Brief. Natürlich nicht an mich –«

Und Madame Dumont-Dufour, die so viel Begabung zur Sphinx hat wie zum Juristen, fängt nun an zu rätseln.

»Raten sie, wem der Oberst Dumont diese Briefe schreibt! Denken Sie, jeden Tag genau die gleichen Redensarten, die gleichen Interpunktionen, Kommata, I-Tüpfelchen! Raten Sie. Ich wette zehn gegen eins, hundert gegen eins, tausend gegen eins, zehntausend gegen eins, Sie erraten es nicht.«

Madame Blok will die Wahrheit nicht unterbieten und entschuldigt sich: »Ich habe keine Phantasie.«

Da legt Madame Dumont-Dufour los: »Jeden Morgen schreibt der Oberst Dumont einen Brief an die Marquise von Pompadour!«

»Die Pompadour?«

»Die Pompadour.«

»Die Geliebte Ludwig XV.? Wie seltsam.«

»Mehr als seltsam. Unerhört! Und das allerseltsamste ist, daß die Briefe einer dem andern zum Verwechseln ähnlich sind wie Abdrücke des gleichen Klischees. Momentbilder des Unterbewußten, sagte mir der Arzt.«

Madame Blok hat sich noch nicht wieder gefaßt.

»Momentbilder des Unterbewußten«, wiederholt Madame Dumont-Dufour. »Stolz bin ich nicht gerade darauf. Was ich davon schon habe – von Momentbildern des Unterbewußten. Als ob so eine gelehrte Phrase etwas daran änderte,

daß mein armer Pierrot der Sohn eines Wahnsinnigen ist und ich seine Frau.« Sie weint. »Ein Wahnsinniger.«
»Wahnsinniger«, antwortet das Echo.
»Denken Sie, in zwei Monaten wird der Oberst eintausendfünfhundert Briefe an die Marquise von Pompadour geschrieben haben. Man hat schon einen Vortrag an der Akademie über ihn gehalten. Aber das ist ja auch der bare Unsinn.«
Und dann ist es, als ob sie die Honneurs dieses Wahnsinns machte, so wie sie noch eben in ihrer Wohnung die Honneurs gemacht hat.
»Wünschen Sie einen der Briefe zu sehen? Man bewahrt sie natürlich nicht alle in der Anstalt auf, sonst müßte man ja eigens einen Flügel anbauen mit einem Archiv für die Geistesergüsse des Obersten. Ich habe dort einige in meinem Schreibtisch. Gleich werde ich Ihnen einen holen ––«
Madame Dumont-Dufour holt zwei der Briefe. »Sehen Sie, meine Teuerste, vergleichen Sie nur. Das Komma auf der dritten Zeile des einen Blattes steht genau an derselben Stelle wie das Komma auf der dritten Zeile des anderen. Sehen Sie sich das nur an.«
Madame Blok greift zur Lorgnette, vergleicht und liest:

An die Marquise von Pompadour
den Abstand von Raum und Zeit überspringend

Madame.

Seien Sie gegrüßt!
Glauben Sie nicht, ich schriebe Ihnen aus diesem Hause nur ein einfaches Guten Tag. Ich, ein Leib mit hohlen Augen, dessen Seele ich dennoch sein muß.
Ich bin Gefangener in Ratapoilopolis, gnädige Frau.

Die Verfolgung begann schon in Saint-Cyr, wo meine Kameraden mich Ratapoil getauft haben. Sie nahm ihren Fortgang, und heute, als Oberst und Erfinder, bin ich dazu verdammt, in einem großen Käfig zu verfaulen, ein Leib, ich wiederhole es Ihnen, Marquise, ein Leib mit hohlen Augen, dessen Seele ich dennoch sein muß.
Gnädigste Marquise von Pompadour, wenn ein Oberst der dritten Republik es wagt, sich an Sie zu wenden, so weiß er ganz genau – zweifeln Sie nicht daran –, welch häßlichen Deutungen diese Korrespondenz ausgesetzt sein wird.
Der Oberst Dumont schreibt an die Pompadour!
Ich sehe schon die Gesichter vor mir, die die Freimaurer, meine Frau, der Minister, die Admirale und das gesamte französische Marineoffizierkorps machen werden. Für wahnsinnig wird man mich erklären, wie damals, als ich in Algier das Mittel erfand, Kriegsschiffe abzuschaffen, indem ich Palmblätter als Flossen unter den Rädern der Kanonen anbrachte. So konnte jedes Geschütz rasch und kostenlos in einen schießenden Fisch verwandelt werden.
Der schießende Fisch. Meine Erfindung mißfiel dem Minister, der Admiralität und dem Offizierkorps, weil sie dadurch überflüssig wurden. Deshalb verschworen sie sich mit meiner Frau und sperrten mich in Ratapoilopolis als Wahnsinnigen ein. Da bin ich nun zwischen all den Unglücklichen, ich, der geniale Erfinder.
Ein alter Brummbär wie ich, gnädige Frau, kann keine schönen Redensarten machen. Wenn ich einfach an Ihr gutes Herz appelliere, so tue ich es, offen gestanden, weil Sie keine sogenannte pflichttreue Frau sind. Bravo! Von pflichttreuen Frauen habe ich genug. Die Frau Oberst Dumont ist eine solche, und für mich ist sie deshalb von vorn und von hinten besehen einfach ein Stück Sch. . . .

Ein Stück Sch.... Verzeihen Sie das harte Wort, Marquise. Ich gebe zu, daß es hart ist, aber es ist die einzig richtige Bezeichnung für diese Person; wäre ich nicht wahnsinnig, die Tochter des Präsidenten Dufour, meine Gattin, würde mich gewiß wahnsinnig machen. ›Wozu dieser schwere Portwein noch vor dem Abendessen? Wenn du ihn noch einmal trinkst, verstecke ich dir die Flasche, gerade wie den Kognak. Man sah dich aus einem Freudenhaus herauskommen! Schämst du dich denn gar nicht? Ein Oberst der dritten Republik? Noblesse oblige!‹ Und so ging es tagaus, tagein.

Madame Dumont – sie nennt sich übrigens Madame Dumont-Dufour, als schäme sie sich einen der größten Erfindernamen des XX. Jahrhunderts zu tragen –, Madame Dumont ist übrigens nicht der einzige Gegenstand meines Zornes. Die Republik ärgert mich genau so.

Um so schlimmer, wenn dieser Brief in die Hände meiner Frau, des Ministers, der Admiralität oder der Freimaurer fällt. Ich behaupte, daß die Republik mit ihrem Leib von Stein, ihrem Busen aus Erz und ihrer Köchinnenschürze ein Ungetüm ist, ein Ungetüm, das nackten Fußes über die gefurchte Erde schreitet.

Und gewiß, gnädige Frau, wird sie niemals die zierlichen Schuhe tragen, deren Absätze den Ruhm der Herrschaft Ihres Königs ausmachten, die Louis-Quinze-Absätze. Eine pflichttreue Gattin, wie Madame Dumont-Dufour, wird darin niemals gehen können.

Ich flehe Sie an, gnädige Frau, Sie und Ihre Absätze. Aus Ratapoilopolis.

Kompliment, gnädige Frau.

Oberst Dumont

»Nun, und was sagen Sie dazu?« fragt Madame Dumont-Dufour.

Madame Blok deutet mit einer Handbewegung an, daß sie zwar gar nichts sagt, aber sich um so mehr denkt.

Da wird Madame Dumont-Dufour gemütvoll:

»Armer Oberst, im Grunde tut er mir leid. Wenn nur sein Sohn sich ein warnendes Beispiel daran nähme. Jedesmal wenn Pierre spät in der Nacht betrunken nach Hause kommt, erinnere ich ihn an seinen Vater. Aber dann – seltsame Jugend von heute – verteidigt er ihn noch und äußert dabei so merkwürdige Ansichten über Menschen und Dinge, daß ich mich manchmal frage, ob er nicht auch in Ratapoilopolis enden wird.

Ratapoilopolis. Dieser Name! Nur ein Verrückter konnte ihn erfinden. Polis – Stadt. Ratapoilopolis – die Stadt des Ratapoil. Und Ratapoil nannte man den Oberst in Saint-Cyr, weil er ganz behaart war.«

Madame Blok denkt an die Behaarung des Obersten und schließt dabei die Augen. Es kribbelt ihr in den Fingerspitzen, und sie erinnert sich, wie gerne sie Bloks Haut gestreichelt hat, trotzdem diese weiß war und unbehaart und langweilig.

Aber die Haare des Obersten! Ein Urwald auf seiner Brust, in zwei Alleen sich bis zu den schmalen Hüften erstreckend. Madame Blok schließt die Augen fest. Wie traurig, eine Witwe zu sein. Nun denkt sie daran, wie ihr Dimitri, der im Bett nicht unbegabt war, sie immer »meine süße, kleine Hure« genannt hat. Und nun stellt sie sich vor, wie ihre eigene Hand diese kleine, fleischige, behandschuhte Hand, die harmlos auf der Lehne des Sessels ruht, in den Brusthaaren des Obersten wühlt. Der selige Blok gebrauchte Parfüm. Aber der Oberst, der duftet sicher aufregender als

Nelken und Lavendelwasser. Mit weitgeöffneten Nüstern saugt sie alle Düfte Afrikas, der Löwen, der wilden Tiere, kurz, des Mannes in sich.
Und Madame Blok wird jetzt immer kühner:
»Er ist gewiß in Ratapoilopolis sehr mager geworden.«
»Ja, und er war schon so dürr, so dürr ——«
»Wie eine Latte«, haucht Madame Blok.
»Ganz genau so. Hart wie eine Latte und brutal.«
»Meiner, der war sanft, und das trieb ihn zur Sünde. An den Obersten müssen Sie doch wenigstens wie an etwas sehr Männliches zurückdenken.«
»Bin ich denn ein lüsternes Weibchen? Derlei Dinge haben mich nie interessiert.«
Und wie um Madame Blok zu beschämen:
»Die Liebe, Madame Blok, das heißt die körperliche Liebe, die einzige, deren Männer vom Schlage meines Mannes fähig sind, ist etwas ziemlich Ekelhaftes. Erstens gibt es Flecken in die Bettwäsche, wenn man nicht sehr aufpaßt, und außerdem riecht es übel.«
»Riecht übel? Wie können Sie das behaupten? Ich verstehe mich zwar nicht auf Kunst und Wissenschaft, aber auf Gerüche verstehe ich mich! Und wenn Sie eine scharfe Nase hätten, so wüßten Sie, daß schließlich alle Gerüche, wenn man sie ganz aus der Nähe und aufmerksam einatmet, riechen, als ob —— ja, genau so.«
»Der Oberst stank einfach wie ein Bock. Und seine Beinhaare piekten mich. Darum haben wir auch sofort nach Pierres Geburt unsere Schlafzimmer getrennt. Und außerdem hat sich der Oberst sogar schon auf unserer Hochzeitsreise ständig mit Weibern herumgetrieben.«
»Ach, ich verzieh Blok jeden Abend. Und in der ersten Zeit unserer Ehe, wenn es ihn überkam (Madame Blok wird

schrecklich verlegen), ja, wenn es ihn überkam, auch nachmittags.«

»Nachmittags. Hermine, Sie schwache Frau.«

»Liebebedürftig, Lousia.«

»Liebe nennen sie die Begierde eines geilen Mannes? Diese widerlichen Bewegungen alle? Ich schäme mich schon, wenn ich nur daran denke. Obgleich ich eigentlich gar keine Muckerin bin. Regen Liebkosungen Sie denn derart auf, Hermine?«

»Mir wurde warm, wenn ich mich an Dimitris Brust lehnte; und wenn er seinen Arm um meine Hüften legte, dann genoß ich schon.«

»Dann hatten Sie also Herrn Blok im Blut.«

»Ja, wenn Sie so wollen.«

»Sie haben geliebt. Arme Freundin. Ich niemals. Daher kommt meine Stärke.«

»Ich bewundere Sie, Louisa, ich beneide Sie.«

»Mein Vater, der Präsident Dufour, hatte mich zu einer pflichttreuen Frau erzogen, und eine pflichttreue Frau bin ich geblieben.«

»Ich hingegen habe mich schon mit zehn Jahren gefragt, wie wohl die Liebe täte. Stundenlang saß ich in einer Ecke und dachte darüber nach. Meine Eltern lobten meine Artigkeit, und ich schämte mich dieses Lobes.«

»Mit Recht schämten Sie sich. Ich hätte Sie an Stelle Ihrer Mutter unter eine kalte Dusche gehalten.«

»Aber sie ahnte doch nicht, woran ich dachte.«

»Vermutlich nicht!«

Madame Blok überläßt sich ihrem Kummer:

»Jetzt bin ich eine alte Frau, bin Witwe. Ich habe eine erwachsene Tochter. Mein Vetter Bricoulet würde mich vielleicht heiraten, aber Diana mag ihn nicht. So bin ich zur

Einsamkeit verurteilt seit dem Tag, da Blok mich verlassen hat. Er liebte mich so sehr, und trotzdem hat er mich freiwillig verlassen. Er hat sich das Leben genommen.«
»O Gott! Vielleicht wegen schlechter Geschäfte?«
»Nein.«
»Oder wegen eines natürlichen Kindes?«
»Nicht daß ich wüßte.«
»Oder sollte er sich durch einen Zufall eine unaussprechliche Krankheit zugezogen haben? Ohne Grund nimmt man sich doch nicht das Leben, teuerste Freundin.«
»Aber Blok hat weder schlechte Geschäfte gemacht noch ein natürliches Kind gehabt, noch eine unaussprechliche Krankheit.«
»Ach?«
»Und er hat sich trotzdem das Leben genommen.«
»Ja aber warum denn nur? Wenn er sich wirklich getötet hat, so müßten Sie mir doch erklären können, warum?«
Madame Dumont-Dufour nimmt einen drohenden Ton an. Gewiß verheimlicht man ihr die Wahrheit. Und sie hat einen klaren Geist. Noch auf der Folter würde sie bis in alle Ewigkeit wiederholen, daß es einen wirklichen Grund haben müßte, wenn Herr Blok sich getötet hat, und nicht nur einen imaginären. Sonst sei er eben einfach nicht tot.
Und schon beginnt sie den Tod des Herr Blok in Abrede zu stellen. Dessen Witwe protestiert. Aber die Einwendungen der Rechthaberischen sind so intensiv, daß, wenn die Tür sich plötzlich öffnete und Dimitri zu den Lebendigen zurückgekehrt hereinträte, Hermine sich gar nicht mehr darüber wundern würde.
»Sie behaupten, Herr Blok sei gar nicht tot, Louisa? Er habe sich gar nicht getötet?«

»Wenn er sich wirklich getötet hat, so müssen Sie mir doch die Gründe angeben können.«

»Gründe, Gründe?« Daran fehlt es Madame Blok nicht, aber ob sie auch derart sind, daß Madame Dumont-Dufour sie anerkennen wird?

»Reden Sie nur.«

»Also erstens«, beginnt Madame Blok so schüchtern und unsicher, als machte sie eine Schulprüfung und würde nach den rechten Nebenflüssen des Mississippi gefragt. »Erstens sind Selbstmorde in der Familie Blok nicht selten. Ich war schon vor der Hochzeit gewarnt worden, und meine Großmutter aus der Rue de Grenelle-Saint-Germain, die einen rothaarigen Mann geheiratet und fast lauter rothaarige Kinder bekommen hat, sagte mir immer: ›Weißt du, Kleine, mit dem Selbstmord ist es genau wie mit Sommersprossen und rotem Haar. Der reinste Zufall! Die einen entgehen ihm, die anderen nicht.‹«

»Gewiß jüdische Vererbung ...«, argwöhnt Madame Dumont-Dufour.

»Liebe Freundin, Blok war kein Jude. Er war Russe.«

»Jude oder Russe, das kommt auf eins heraus. Im Namen des Himmels, Hermine, wie konnten Sie sich zu einer solchen Unvorsichtigkeit hinreißen lassen! Einen Russen zu heiraten!«

»Dimitri war aber naturalisiert.«

»Konnte er damit auch das Blut in seinen Adern naturalisieren?«

»Gewiß nicht.«

»Und Sie wurden also das Opfer seines slawischen Charmes, Hermine?«

»Ich muß es zugeben, Louisa.«

»Bereuen Sie es?«

Madame Dumont-Dufour sitzt stolz und kerzengrade in ihrem Sessel, wie die Königin von England und Kaiserin von Indien, deren Schultern niemals so schwach waren, eine Sitzlehne zu berühren. Ihre Züge versteinern sich. Sie wird die Gerechtigkeit in Person. Wie der Großinquisitor-Kardinal wird sie Madame Blok auf den Scheiterhaufen verbannen, wenn diese nicht sofort reuig bekennt, daß sie tatsächlich das Opfer des slawischen Charmes gewesen, und ihm abschwört.
»Verteidigen Sie sich?«
»Es gibt ein Schicksal.«
»Worte, Worte.«
»Sie haben gut reden. Sie haben keine Liebesheirat gemacht, sind nicht das Opfer irgendeines Charmes geworden und waren doch nicht glücklich.«
»Aber mein Gewissen habe ich mir bewahrt.«
»Und ich einige schöne Erinnerungen. Mein Verlobungsabend, meinen Hochzeitstag, meine Brautnacht.«
Verlobungsabend, Hochzeitstag, Brautnacht! Wahrhaft unmöglich ist sie, diese Madame Blok. Brautnacht. Madame Dumont-Dufour platzt los. Sie lacht gelb, lacht rot, lacht mit Hals, Nase, Mund und Augen, lacht mit all ihren Runzeln, den vorhandenen und den zukünftigen, mit ihrem ganzen Körper, so daß die Kochen sich unter der schwarzen Seide förmlich verrenken. Madame Dumont-Dufour lacht und läßt sich nichts anmerken. Brautnacht! Madame Blok, das ist unmöglich, Sie machen sich lustig über mich. Brautnacht! Reden wir ein wenig von Brautnächten.
Madame Dumont-Dufour hat die eigene noch wohl im Gedächtnis: Herr Dumont war damals Hauptmann. Ohne daß er sich auch nur die Zeit nahm, seine Stiefel auszuziehen (er hatte Wert darauf gelegt, in Offiziersuniform zu heira-

ten), biß er sie in die Schulter. Küßte? Nein, biß sie in die rechte Schulter in der Nähe des Schulterblattes, während die junge Frau sich in dem gemeinsamen Toilettenzimmer auskleidete. Herr Dumont hatte Lippen wie aus Glaspapier und einen stachligen Schnurrbart. Madame Dumont-Dufour spürte sofort, daß sie unglücklich werden würde und nichts als eine pflichttreue Gattin, schloß die Augen und ließ sich zum Bett schleppen, wo der Hauptmann, immer noch in Stiefeln, ihr Gatte wurde. Das Ganze spielte sich auf der Bettdecke ab, die sie selbst während ihrer Verlobungszeit gestickt hatte. Denn Dumont, ebenso nachlässig wie roh, hatte nicht einmal die Bettdecke zurückgeschlagen. Und das Opfer ertrug den geilen Mann, ohne auch nur zu erwägen, ob der Schmerz nicht eines Tages zur Lust werden könnte. Nach gestillter Wollust ließ der Hauptmann sie liegen, um seine Stiefel auszuziehen, seine Hose und sein Hemd, und als die junge Frau endlich die Augen wieder aufschlug, sah sie einen großen, nackten, ganz behaarten Körper, rötlich schimmernd gleich einem Teufel, der plötzlich in der Jungvermählten die Vorstellung einer riesigen Kaffekanne aus Haut und Knochen erweckte.

Das war die Brautnacht der Madame Dumont. Wenn Madame Blok Entzückungen gekannt hat, die ihre arme Freundin sich unmöglich vorstellen kann, warum, in Gottes Namen, beklagt sich Madame Blok dann?

»Ich beklage mich nicht.«

»Nicht? Ich nehme das zur Kenntnis.«

Das Urteil ist gesprochen. Madame Blok ist dazu verurteilt, nicht bedauert zu werden. Aber da sie behauptet, Herr Blok habe Selbstmord begangen, soll sie Gründe anführen, diesen Tod glaubhaft zu machen.

Die schüchterne Antwort lautet: Erstens sei ja eben Selbst-

mord in der Familie Blok häufig, und zweitens sei Herr Blok vielleicht neugierig gewesen, das Gefühl des Sterbens kennenzulernen.
»Er war ein Russe!« erklärt Madame Dumont-Dufour.
»Und noch dazu ein Mystiker: ›Liebe Frau, mein irdisches Glück genügt mir nicht‹, sagte er oft, wenn er betrunken war. ›Du und die Kleine, ihr seid nur irdische Zufälle, und Dimitri Ossipowitschs Schicksal kennt keine Grenzen.‹
›Zufälle, Dimitri?‹
Und er verharrte: ›Die Wolgaschiffer haben blutige Hände, vom Tauwerk zerquetscht, haben Gesichter, vom Hunger gemeißelt. Aber ihre Lieder sind sich immer gleich wie der Himmel, sind trauriger als der Fluß und so süß wie die Heimat! Wann werde ich wieder die Wolgaschiffer hören, Hermine ...?‹
›Wenn du gern singen hörst, können wir ja morgen in die Oper gehen; Traviata wird gespielt.‹
›Ach was – Traviata. Nicht Lieder will ich hören, sondern nur den Wind, der über unsere Steppen bläst, unseren Flüssen folgt und überall dort in Europa sich wiederfindet, wo die Verbannten an das heilige Rußland denken.‹
Und nach einer kleinen Weile: ›Meine Frau, meine Tochter? Alles Zufälle. Diana wird heiraten und Kinder bekommen. Um so besser für sie. Ich sterbe für Rußland. Schon mein Vater und mein Großvater haben sich getötet, um dem traurigsten Schicksal zu entgehen. Ich sehe, wie ihre Seelen uns umschweben. Ich grüße dich, Vater Ossip Alexandrowitsch! Ich grüße dich, Ahnherr Alexander Fedorowitsch! Bald wird Dimitri Ossipowitsch bei euch sein. Hermine, du bist ja nur eine Europäerin.‹
›Und du?‹
›Ein Russe, ein Russe, der den Zufall verachtet. Ich habe

Mitleid mit dir und der kleine Diana ... Gib mir noch ein Glas Wodka.‹
›Trinkst du nicht zuviel, Dimitri?‹
›Und wenn ich dich und die kleine Diana mit mir tötete?‹
›Um Gottes willen, Dimitri!‹
›Gut, ich lasse euch am Leben.‹ Und dann schlief er ein.«
Madame Dumont-Dufour ist entsetzt: Ja, Hermine ist Europäerin. Aber dieser Mann war scheinbar ein Wilder. Russen, Juden und diese Nachkriegserfindungen, diese Amerikaner, das ist alles das gleiche Kaliber.
Pierres bester Freund ist ja auch solch ein Amerikaner. Madame Dumont-Dufour hat Madame Blok schon oft von diesem Arthur Bruggle erzählt, der als Tellerputzer nach Europa kam. Und Pierre mit seinem bizarren Geschmack bestaunt Bruggles Reise ebenso wie den Wahnsinn seines Vaters. Dazu kommt, daß dieser Bruggle ein Jüngling mit schmalen Händen ist, der sich in Tanzschritten bewegt wie ein Panther und Tieraugen hat. Ein Phänomen, nicht wahr? Und mit einem Namen wie dem seinen müßte er eigentlich rote Backen haben und ein Optimist sein. Dann hätte freilich Pierre mit seinem bizarren Geschmack ihn kaum zu seinem Freund gemacht. Aber lassen wir Bruggle, die Amerikaner, die Juden, und kehren wir wieder zu unseren Russen und zu Herrn Blok zurück, dessen Frau wirklich zu nachsichtig war. Warum hat sie sich so schlecht von ihm behandeln lassen? Was hat sie eigentlich von einem solchen Mann erwartet?
»Nichts, Louisa.«
Nichts. Denn nur die Liebe verband Hermines Schicksal mit dem des Russen, und eine gebeichtete Sünde ist schon

halb vergeben. Madame Blok soll also nicht weiter bedrängt werden, aber ihre Geschichte muß sie weitererzählen. Der Selbstmord also ...? Der Selbstmord?

... Ja, der schwebt ihr noch in allen Einzelheiten vor, als wäre es gestern geschehen.

»Na also«, lehnt sich Madame Dumont-Dufour behaglich in ihren Sessel zurück, als wollte sie damit sagen: Beginnen wir.

Und man beginnt.

Anfang Juli 1914 war es. An einem Samstagabend. Die Bloks wollten Paris verlassen, und der Schneider von Herrn Blok hatte im Laufe des Tages einen großkarierten Anzug abgeliefert. Noch jetzt nach mehr als elf Jahren sieht Madame Blok ihren armen Dimitri vor sich in Hemdsärmeln und Kniehosen, wie er Purzelbäume schoß, um die kleine Diana zu belustigen, denn er war trotz seiner vierzig Jahre noch so gelenkig. Am Abend freilich mußte er damit aufhören, denn die Bloks hatten Gäste zum Essen, und Madame Blok unterbrach die Belustigungen ihres Gatten gegen viertel nach sieben, damit er seinen Smoking anzöge.

Er, in bester Laune, läutete nach dem Hausmädchen und bat darum, ihm seine Garderobe zurechtzulegen. Während er das Hemd anziehen will, fragt Madame Blok ihn aus dem Nebenzimmer, wo sie ihr Nachmittagskleid gegen eine neue Abendtoilette vertauscht – ein wahres Wunder aus elfenbeinfarbenem und rosa Satin: »Dimitri, hast du den Likör herausgestellt?«

»Ich habe es vergessen, Liebste. Ich gehe sogleich.«

Und er verschwindet in sein Arbeitszimmer, wo die Liköre stehen.

Acht Uhr. Madame Blok strahlt inmitten ihrer Gäste ganz in rosa- und elfenbeinfarbenem Satin.

Viertel vor neun. Der Diener meldet dem Herrn, daß man ihn zu Tisch erwartet.
Zehn Minuten vor neun. Der Diener kommt unverrichteter Sache zurück. Der Herr ist weder im Arbeits- noch im Toilettezimmer.
Fünf Minuten vor neun. Madame Blok kann den Mund nicht mehr öffnen. Sie glaubt, aus jeder Fingerspitze breche ein Vulkan. Sie zittert am ganzen Körper. Sie möchte die Uhr zertrümmern, die schöne Empireuhr, auf die sie noch vor wenigen Minuten so stolz gewesen.
Vier Minuten vor neun. Nun steht sie aufrecht zwischen ihren Gästen, so blaß in ihrem rosa- und elfenbeinfarbenen Satin, daß ein Schrei des Entsetzens den Saal erfüllt. Aber niemand erhebt sich. Sind denn die Gäste alle festgenagelt auf ihren Stühlen? Brauchen sie zwei Stunden, um in ihrem Schreck zu schreien. »Hermine!« Zwei Stunden? Ach Unsinn. Die Uhr zeigt ja eine Minute vor neun. Ist sie verrückt geworden, oder die Uhr? Und die Gäste scheinen nicht mehr hungrig. Sie wissen, daß ein anderer Schmaus auf sie wartet. Als sie im Chor den Namen der Madame Blok herausschrien, geschah es wohl nur als Vorbereitung darauf.
Sie ahnt allmählich, daß ein Verhängnis über sie hereinbricht. Alle diese Gedanken stoßen aneinander, und die aneinandergestoßenen werden zu Funken, die Funken zum Brand. Hermines Gehirn steht in Flammen. Flammen, die den Kreis der Gäste umzucken. Die Gäste mit wachsbleichen Gesichtern, fahlen Augen, blauen Lippen und Totenköpfen. Der Tod. Madame Blok ahnt den Tod.
Neun Uhr. Genau vor einer Stunde hätte man melden sollen: »Es ist angerichtet.« Plötzlich denkt Madame Blok daran, daß in der Famile Blok oft Selbstmord begangen wurde, und sie erstarrt zu Stein. Die rechte Hand auf dem

Griff der Tür, die vom Salon ins Arbeitszimmer führt, wartet sie die neun Glockenschläge ab, um zu öffnen und selbst zu verkünden: Herr Blok ist tot.
... Wie grausam die Gäste sind, deren Augen unerbittliche Bündel von Fragezeichen schleudern.
Herr Blok ist tot, und die Hausfrau muß erklären: Er hat sich selbst getötet, er hat sich erhängt ...
Die Gäste verlassen ihre Stühle, stürzen vor. Wenn auch die Frauen ihre nackten Arme vor die Augen halten, sind sie doch entschlossen, sich nichts von dem Schauspiel entgehen zu lassen. Ein Gehängter! Stellen Sie sich das vor. Und niemand hört mehr auf Hermine, die klagt: »Warum bat ich ihn nur, den Likör zu holen? Er hat fast eine ganze Flasche Wodka getrunken und sich dann aufgehängt.« Und dann schreit sie: »Dimitri! Dimitri!« Das Personal mischt sich unter die Gäste. Ein Küchenchef von Rabattet mit seiner weißen Kochmütze beherrscht die ganze Situation.
Jemand schlägt vor, den Leichnam herunterzuholen. Die Frauen schlagen die Hände zusammen. Madame Blok lehnt sich gegen eine Wand und sieht zu, wie die Gäste sich um den toten Dimitri drängen, den man auf eines der Sofas legt. Sie tun so, als wollten sie ihn ins Leben zurückrufen. Dann entschuldigen sie sich und machen sich davon. Nicht ohne vorher den Strick zu teilen. Denn das bringt Glück.
Arme Madame Blok. Trotzdem sagt man ihr, daß sie im Grunde genommen vielleicht sogar noch Glück gehabt hat, denn hätte Herr Blok sich nicht erhängt, wer weiß, ob er nicht bei seinem zügellosen Charakter und seiner Vorliebe für Wodka, noch dazu bei dem Geist der Zerstörung, der seit mehreren Jahren die Welt beherrscht, ganz einfach ein Bolschewik geworden wäre.
Die friedliche Madame Blok, Dianas Mutter, und ein Bol-

schewik? Nein, nein. Besser, ein Selbstmörder in der Familie als ein Kommunist.

Wenn er nur mit seinem Selbsmord noch einige Wochen gewartet hätte, so hätte er zum Beispiel im Krieg den gewünschten Tod finden können, und seine Frau und seine Tochter könnten sogar noch auf ganz legitime Art stolz darauf sein.

Ja, und wenn Madame Dumont-Dufour unter einem guten Stern geboren wäre, dann wäre der Oberst zweifellos an der Spitze seiner Truppen gefallen. Und es gäbe vielleicht sogar in Auteuil eine Rue Colonel Dumont.

Da die Damen sich geschworen haben, alles zu beichten, und da Hermine nun schon einmal einen Gehängten im Hause gehabt hat, ist Hermine wohl so gut, der lieben Louisa zu sagen, ob es wahr ist, was geredet wird.

Hermine bekommt einen Schrecken. »Was wird denn geredet, Louisa?«

Louisa lächelt, wird etwas verlegen, senkt vertraulich die Stimme und dreht die Zunge schier ein dutzendmal im Munde herum. Dann erklärt sie, sie wolle geradeheraus fragen, ob nicht ein Mandragora zwischen den Ritzen des Parketts in Bloks Zimmer gewachsen wäre, an der Stelle, wo Blok den Selbstmord beging. Sie möchte nämlich wissen, ob das, was man von Gehängten behauptet, wirklich wahr ist. Sie habe es selbst in einem Roman gelesen, den sie sich auf einem Bahnhof als Reiselektüre gekauft und an dessen Titel sie sich nicht mehr erinnere --

Madame Blok versteht kein Wort.

Was meint nur Madame Dumont-Dufour?

Zwei Sessel rücken aneinander. Flüstern. Eine Frage, die schwer zu stellen ist. Und Madame Blok wird blutrot, weil sie antworten muß.

»Oh, meine Liebe, ich habe nicht nachgesehen. Der Diener hat ihn ausgezogen und in die Leichentücher gewickelt. Ich kann Ihnen nur das eine verraten, daß die großkarierte Hose, die er doch nur einmal getragen hatte, sofort von den Motten zerfressen wurde, und zwar gerade zwischen den Schenkeln.«

»Sollte es also wirklich wahr sein?«

Madame Dumont-Dufour wird ihren Arzt befragen und der Freundin dann das Forschungsresultat mitteilen. Und nun hat Madame Blok das Gefühl, ihre Pflicht getan zu haben. Jetzt hat sie genug erzählt, jetzt kann sie aufstehen, sich verabschieden. –

»Aber, meine liebe Hermine, Sie sind doch eben erst gekommen. Wir hatten doch noch gar keine Zeit, uns richtig auszusprechen. Ich konnte mich noch nicht einmal nach Diana erkundigen.«

»Diana geht es vorzüglich. Und Pierre?«

»Ach Pierre ist ein Taugenichts.« Madame Dumont-Dufour ist zwar sonst durchaus nicht prüde – hat sie es nicht eben noch mit ihrer Erzählung von Ratapoilopolis und ihrer Frage nach den letzten Gefühlen des Herrn Blok bewiesen? –, aber sie wagt es nicht, auch nur ein Viertel der Torheiten – nein! das Wort ist zu schwach! – der Ungezogenheiten, oder man könnte fast sagen: der Scheußlichkeiten zu berichten, die Pierre zu begehen sich nicht scheut. Sein Vater, der doch gewiß kein Engel war, gegen Pierre war er ein Waisenknabe. Der bleibt die ganzen Nächte fort, als ob der Tag nicht zum Bummeln lang genug sei. Der Oberst betrog seine Frau wenigstens nur von fünf bis sieben Uhr nachmittags, kam zum Essen nach Hause und ging um halb zehn in »die Klappe«, wie er zu sagen pflegte. Das war zwar nicht gerade anständig, aber doch immerhin zu ertragen! Aber Pierre, ach Pierre ...

Madame Blok betrachtet im Entree den marokkanischen Kleiderständer, den Madame Dumont-Dufour, die stets originelle Ideen für die Wohnungseinrichtung hatte, einmal bauen ließ. Jawohl, richtig bauen! Es ist wie ein kleines Gebäude aus Kupferplatten, die der Oberst aus den Kolonien mitgebracht hat, und aus elfenbeineingelegtem Holz, von arabischen Lettern verziert. Dies alles zierlich zusammengefügt und mit drei Kleiderhaken versehen, verrät dem Besucher schon beim Eintritt, daß er sich in der Wohnung einer geschmackvollen Dame befindet. Und Pierre hat es letzte Woche gewagt, dies kleine Wunder islamischer Kunst und europäischer Phantasie ernsthaft zu beschädigen.

»Ich war endlich eingeschlafen«, berichtet Madame Dumont-Dufour, »als mich gegen drei Uhr morgens ein wahrer Höllenlärm aufweckte. Ich frage mich, ob es wohl Einbrecher sind, stehe auf, greife nach der Feuerzange, um mich zu verteidigen, und stürze hinaus. Der Kleiderständer lag am Boden, unter dem Kleiderständer mein Sohn, liebe Freundin, mit verbeultem Hut, offenem Kragen, irrem Blick und fuchtelnden Händen, kurz, in einem Aufzug, daß ich ihn nicht einmal mit meiner Feuerzange hätte anfassen mögen.

Und glauben Sie, Pierre hätte sich geschämt? Nicht im geringsten. Im Gegenteil, er amüsierte sich scheinbar köstlich über meine Lockenwickler und über mein Nachtgewand. Die Damen seines Verkehrs schlafen vermutlich nackt. Alles Anständige erscheint ihm lächerlich. Ich höre noch, wie er gluckst: Das Hemd! Die Lockenwickler! Ich will ihm helfen aufzustehen und ermahne ihn: ›Pierre, du bist ja betrunken. So kann man es kaum mehr nennen. Besoffen bist du, sinnlos besoffen. Denk an das Schreckbild, Junge, an deinen Vater im Irrenhaus.‹

Aber predigen Sie dieser tollen Jugend Vernunft. Er zerrt mich am Hemdärmel, bis er ihn zerreißt, sagt, er wolle mir ein Geheimnis anvertrauen, und lallt mir ins Ohr: ›Weiteramüsieren, Mama, weiteramüsieren! Setz deinen Hut auf. Wir gehen nach Montmartre Whisky trinken.‹
Das war zuviel. Ich stürzte in mein Zimmer zurück und weinte den Rest der Nacht bitterlich. Am nächsten Morgen glaubte ich, er würde sich entschuldigen. Statt dessen telephoniert er, sobald er aufgestanden ist, mit Diana, Ihrem Fräulein Tochter, und erzählt ihr alles. Erzählt von meinen Lockenwicklern, von dem, was er mein Nachthemd nennt, lobt seine Metökenfreunde und dies ganze exotische Gezumpel, das unseren Kindern die Köpfe verdreht und unser Familienleben zerstört. Und das mir, die sich nichts so sehr wünscht wie Enkelkinder.«
»Aber Ihr Sohn kann doch heiraten?«
»Ach, denken Sie doch an die Einstellung, die er neuerdings hat.«
Madame Dumont-Dufour scheint sich des längeren darüber auslassen zu wollen. Madame Blok ist ja keine Unwissende. Sie weiß schon, daß es viele Abarten in der Liebe gibt.
Und außerdem ist Frau Blok Mutter. Wenn sie auch Diana alle Freiheit läßt, so ist es doch ihre Pflicht, sich genau über deren Freunde zu informieren.
Deshalb fragt sie mit Vorsicht, aber Entschlossenheit:
»Pierre wäre also nicht normal?«
Madame Dumont-Dufour beansprucht das Anklagerecht des Staatsanwaltes für sich allein. Sie liebt es nicht, wenn ihre Familienmitglieder – mit Ausnahme vielleicht des Obersten, der schließlich in diesem Sinne nicht zur Familie gehört – von anderen beschuldigt werden. Nur sie allein darf richten, verurteilen, freisprechen.

Und zu Madame Blok gewandt, die ihre Frage: »Ist Pierre wirklich nicht normal?« mit eindringlicher Sanftmut wiederholt:

»Nein, er ist eben einfach nur ein wenig degeneriert.«

»Ein wenig degeneriert«, grollt eine Stimme hinter der Tür.

»Wenn man vom Wolf spricht«, bemerkt Madame Dumont-Dufour ... »da kommt gerade unser Pierre nach Hause.«

»Guten Tag, Madame Blok. Guten Tag, liebenswürdige Mutter eines degenerierten Sohnes.«

»Guten Tag, Pierre, guten Tag, mein Kind.«

»Sind Sie nicht ganz normal, Madame Blok?«

»Pierre, ich bitte dich.«

»Bist du degeneriert, Mutter?«

»Kind, was ist denn in dich gefahren?«

Madame Blok sieht ein, daß es das beste ist, das Feld zu räumen. Sie steht auf. Auf Wiedersehen, auf Wiedersehen. Einen schönen Gruß an Diana. Auf bald, liebste Freundin!

Madame Dumont-Dufour und ihr Sohn bleiben allein.

Pierre umkreist den Teetisch mit Zuckerdosen und Servietten und Tassen und Tellern und allem, was eine gesittete Hausfrau darauf benötigt.
Nun ergreift er ein zartes Spitzendeckchen und ritsch ratsch wird Charpie daraus gemacht. Das zierliche Kunstwerk liegt als häßlicher Knäuel am Boden. Ein junger Barbar atmet auf: »So, nun ist mir schon leichter!« Und dann seiner Mutter dreist ins Gesicht: »Du bist zum Kugeln!«
Der Salon in Auteuil wird zum Kalvarienberg. Eine leidgebeugte Frau – ihre Gelenke knacken förmlich, wie sie die Fetzchen vom Teppich aufsammelt – wartet auf neuen Schmerz. Und mit hochrotem Kopf fragte sie Pierre, der vor sich hinpfeift, als sei er in einem Pferdestall:
»Hast du denn jeden Sinn für Ehrfurcht verloren?«
»Sinn für Ehrfurcht?«
Ein zweites: »Du bist wirklich zum Kugeln« schlägt Madame Dumont-Dufour ins Gesicht. Pierre hält sich den Bauch, als wolle er vor Lachen bersten. Madame Dumont-Dufour versagt die Zunge, und sie sucht – lieber Gott, unser tägliches Brot gib uns heute – nach einem würdigen Anfang für diese Szene, der sie sich weder entziehen kann noch will.
Und dann ohne alle Umschweife:
»Pierre, ich erwarte eine Erklärung von dir.«
»Was für eine Erklärung?«
»Das weißt du.«
Pierre weiß nichts und konstatiert: Wenn wir erst zu erklären anfangen, sind wir in acht Tagen noch nicht fertig, und übrigens solle Madame Dumont-Dufour, bevor sie sich so

aufplustere, ihrem Sohn erst einmal sagen, warum sie ihn degeneriert genannt hat.
Das ist doch die Höhe. Das wagt Pierre zu fragen, als wüßte er nicht, worauf sich diese Urteil stützt. Zunächst Pierres Freunde. Nach einem einleitenden: »Sage mir, mit wem du umgehst« wühlt sie förmlich in allen Lastern und Scheußlichkeiten – sie selbst sei leider nicht pervers genug, um sich das alles im einzelnen ausmalen zu können – dieser Künstler, die aus irgendeinem Winkel Amerikas als Tellerputzer nach Europa gekommen seien.
»Ach so, Bruggle meinst du«, unterbricht sie Pierre. »Nun, wenn er auf dem Schiff Teller wusch ––«
»Sieh erst zu, daß du selbst etwas zuwege bringst. Spielt das feine Herrchen und hat nur Sinn für dies hergelaufene Lumpengesindel.«
Pierre zuckt mit den Achseln.
»Deine Freunde sind übrigens nur ein Kapitel von vielen. Ich könnte bis morgen früh so weiter reden. Zum Beispiel diese Spritzen.«
»Was für Spritzen?«
»Stell dich nicht so unschuldig. Das Kokain ––«
»Habe ich dir denn nicht schon hundertmal erklärt, daß man Kokain nicht spritzt, sondern durch die Nase einzieht? Eine Prise des weißen Pulvers auf eine Nagelfeile, man zieht hoch, und fertig.«
»Eine Prise auf einer Nagelfeile? Pierre, du verhöhnst deine Mutter. Das ist schlecht –«
»Ich verhöhne dich nicht. Ich versuche nur, dich zu belehren.«
»Weder deine Unverschämtheiten noch deine Lügen können mich überzeugen. Ich weiß, woran ich bin. Alle Gifte werden gespritzt.«

»Du mußt es ja wissen. Du hast dir vermutlich schon Kokainspritzen gemacht?«
Hört ihr's? Pierre fragt seine Mutter, ob sie gekokst hat. Ein Sohn, der zu argwöhnen wagt, daß seine Mutter Kokainistin sei! Das ist wohl der Augenblick, um zu wiederholen:
»Pierre, hast du denn jeden Sinn für Ehrfurcht verloren?«
Der Frechling hat auf alles eine Antwort: »Sinn für Ehrfurcht? Sollte ich den wohl von dir lernen, die du nichts weiter tust, als einen armen Unglücklichen zu verspotten?«
»Einen armen Unglücklichen? Du meinst deinen Vater? Großartig: Säuft sein Leben lang, hurt so lange, bis er den Verstand verliert, und sein Sohn, der alt genug wäre, um sich ein warnendes Beispiel daran nehmen zu können, verspottet seine Mutter, anstatt sie zu bemitleiden, und nennt einen Menschen, den seine Ausschweifungen in die Gummizelle gebracht haben, einen ›armen Unglücklichen‹!«
So gewiß wie auf dem Kamin des Salons in Auteuil eine Barbediennebronze steht, so gewiß thront im Himmel ein Gott der Gerechtigkeit, in dessen Namen Madame Dumont-Dufour schon heute voraussagen kann, daß Gifte und schlimme Freunde – Bruggle! – ihr unglückliches Kind dorthin bringen werden, wohin viel geringere Ausschweifungen einen gewissen Obersten gebracht haben. Der Apfel fällt nicht weit vom Stamm – –
Und aus dem Tonfall des Staatsanwaltes verfällt die Tochter des Präsidenten Dufour nun in den eines Stationsvorstehers:
»*Einsteigen! Einsteigen nach Ratapoilopolis*!«
Pierre preßt wie im Krampf die Kinnbacken aufeinander. Schon wieder dieser Weg, den man ihn zum Wahnsinn weist.

»Einsteigen nach Ratapoilopolis.«
Er knirscht mit den Zähnen. Kein Wort erwidert er der triumphierenden Mutter; aber im stillen wiederholt er sich immer wieder, daß er der Sohn eines Mannes ist, der Palmenblätter an Kanonenräder befestigen wollte, um sie in schießende Fische zu verwandeln. Das ist für seine Mutter das Wahrzeichen, der Maßstab, an dem – wenn der Zufall es will, daß Pierre sich fortpflanzt – in alle Ewigkeit der Wahnsinn des Dumontschen Geschlechtes gemessen werden wird.
Der Wahnsinn.
Nicht die kleinste Zuckung in Pierres Gesicht entgeht Madame Dumont-Dufour.
Der Wahnsinn. Es ist, als teile sie ihn aus. Sie macht kleine Päckchen mit bösem Schicksal daraus und beschießt aus ihrer Wohnung in Auteuil – peng, peng, wen's trifft, der hat's! – alle Männer damit, die ihre Frauen betrogen oder Schnaps getrunken haben, und alle Jünglinge, die in den Bars herumschleichen und nach Mitternacht nach Hause kommen.
Und sie glaubt wohl, daß, wenn heute der Oberst hinter Schloß und Riegel sitzt, das Recht ihrer Rache ihn dahin gebracht hat. Daher die überlegene Art, mit der sie im Ton eines Stationsvorstehers aus ihrem Sessel ruft: »Einsteigen nach Ratapoilopolis!«
Ratapoilopolis? Pierres Kinnbacken krachen förmlich. Seine Augen sind starr auf einen Punkt gerichtet und sehen nichts mehr, können nichts mehr sehen. Die Frau ihm gegenüber, die lippenlose, kennt ihr Ziel.
Sie wird ihrem Sohn beweisen, daß er degeneriert ist, denn wenn sie auf ihr eigenes irdisches Glück verzichtet hat, so hat sie wohl ein Anrecht auf Entschädigung. Urteil spre-

chen und immer recht haben! Sich fast umbringen, um die kleinste ihrer Behauptungen zu verteidigen. Bei Pierre freilich braucht man sich nicht anzustrengen. Der Kleine ist ja so schwach. Ein oder zwei richtig gezielte Worte – und man hat ihn getroffen. Wenn er auch große Reden führt und sich mit Amerikanern und Tschechoslowaken herumtreibt und kokst und säuft und Kleiderständer kaputt macht, er ist trotzdem von so durchsichtiger Klarheit, daß die Tochter des Präsidenten Dufour, eine unversöhnliche Rächerin, daraus ihren Vorteil zu ziehen weiß.
Sie brauchte nur den Namen Ratapoilopolis auszusprechen, und schon verzerrt die Angst Pierres Gesicht. Ihr klug begonnenes Werk vollendet sich ganz von selbst. Sie beobachtet und belauert ihn, trotz der sinkenden Dämmerung, der sie wohlweislich nicht wehrt, denn sie spürt, daß die Dunkelheit eine Verbündete sein kann.
Und unbewegt in ihrem Sessel sitzend wartet sie, daß Pierre in seinen Gedanken untersinkt und ertrinkt.
Anormal? Degeneriert? Wahnsinnig?
Muß er davor sich fürchten, nur weil er zart ist und keine Muskeln hat, sich fürchten, daß die Liebe und ihre Genüsse seinen Willen und seine Vernunft zersetzen werden?
Ein Sandkorn zu sein unter Millionen! Nicht mehr. Kein anderes Glück wünscht er sich, als seine Seele mit allen anderen in einem namenlosen Kontinent zu verschmelzen, dessen Häfen seine Augen und seine Ohren und die Augen und Ohren aller anderen sein sollen. Korallen des Geistes seine Gedanken, Korallen des Fleisches seine Lustnerven, wie sind sie gering angesichts des ungeteilten Reiches. Nur eine Halbinsel, ja, nicht einmal das, nur ein winzig kleiner Vorsprung, einer Antenne gleich, verdient den Namen Pierre Dumont und wartet darauf, von einem fremden

Ozean umtobt zu werden. Aber von dem Meer der Abenteuer kommen die Schiffe der Schuld, so daß sein Blut Schutz sucht irgendwo, heute und immer. Verkrüppelte Gedanken, gesichtslose Wünsche, Geheimnisse spitz wie Dolche, ist all dies zum Schiffbruch verurteilt, der nicht einmal das Ende sein wird?
Wahnsinn?
Ratapoilopolis?
Pierre fühlt sich um die Schuld eines anderen von Gewissensbissen gemartert. Empfindet sich als Schatten eines Ungetüms, dazu verurteilt, wie ein jeder Schatten, die Unförmigkeiten des Urbildes noch zu vergrößern.
Sein Vater ein Wahnsinniger? Ein unsichtbares Scharnier verbindet ihn mit diesem Mann, der dort, auf dem Weg nach Ratapoilopolis, in zwei Monaten fünfzehnhundertmal den gleichen Brief an Madame von Pompadour geschrieben haben wird. Photographie des Unterbewußten! »Was soll uns dieser Quark«, sagt Madame Dumont-Dufour. Photographien des Unterbewußten: Stimmen nicht manche Versuchungen und manche Tage Pierres mit gewissen Versuchungen und Tagen des Obersten überein, genau so wie ein Brief des Wahnsinnigen mit dem andern?
»Du bist das Abbild deines Vater«, wiederholt Madame Dumont-Dufour immer wieder, wohl nur um Pierre um so sicherer zu vergiften.
»Du bist das genaue Abbild deines Vaters.«
In den kurzen Worten dieses einen Satzes spürt sie alle Möglichkeiten der Rache am ganzen Weltall, das ihr Frieden und Lust versagt hat, ihrer Rache an dem Obersten und ihrer Rache an Pierre, der sie, als das Gegenteil ihrer selbst, zutiefst abstößt.
Und sie sagt sich immer wieder, sie müßte schön dumm

sein, wollte sie sich das einzige Vergnügen nicht gönnen, das ihr noch bleibt: am Sohn die Rache zu vollenden, die sie am Vater nehmen wollte: Ein umgekehrter Hippolyt, wird Pierre für einen andern büßen müssen.

Aber Pierre hat das alles genau begriffen und läßt seine Mutter reden, ohne mit der Wimper zu zucken. Greift sie ihn selbst an, so wirft er nur dann und wann eine Entschuldigung ein, als interessiere ihn sein eigenes Leben gar nicht. Wendet sie sich aber gegen den Obersten, so verteidigt er ihn mit einer Hartnäckigkeit, über die er sich selbst wundert, und schildert der herzlosen Mutter alle Qualen eines Mannes, der seinen Verstand schwinden fühlt. Dabei erregt er sich an seinen Worten und fühlt, wie er selbst die Straße betreten will, die nach Ratapoilopolis führt. Er ahnt auf dem Wege, daß all diese Qualen sehr gut seinen eigenen Namen tragen könnten, und spürt um sich herum wie lokkende Zungen einen Wirrwarr sich windender Flammen, zwischen denen er sich durchkämpfen muß ohne Hoffnung auf Ruhe.

Und mitunter erkennt er plötzlich, daß er all diese Verteidigungsreden weniger für den Vater als gegen die Mutter hält. Es handelt sich nicht mehr um Gehorsam oder Kindesliebe oder Achtung, sondern um Verachtung und Haß, Widerspiegelungen der Verachtung und des Hasses, die Madame Dumont-Dufour vielleicht unbewußt gegen diesen Sohn hegt, in dem der Mann weiterlebt, den sie heute verabscheut und den sie niemals zu lieben oder zu begreifen versucht hat.

Ein furchtbarer Zweikampf ist es.

Wie Lukrezia von ihrem Felsen, so sieht Madame Dumont-Dufour auf das Meer des Wahnsinns drüben in der Ferne und lacht über die Schiffe in Seenot. Sie hat Zentralheizung,

ein Badezimmer mit warmer und kalter Wasserleitung, elektrisches Licht und was sonst noch alles. Früher, wenn die Damen der Garnison ihr irgendeinen neuen Streich des Obersten verrieten, pflegte sie zu antworten: »Wer zuletzt lacht, lacht am besten.« Und heute entspannt Madame Dumont-Dufour, die mehr als einmal geweint hat – war's auch nur vor Wut–, ihre Lippen; sie lacht, während der Oberst in der Zelle die Zwangsjacke trägt.
Pierre aber geht so weit, seine Mutter zu bedrohen: »Du bist Christin ... Denk an die Hölle ...«
Madame Dumont-Dufour lacht nur um so lauter. Pierre, der nie in die Kirche geht, wagt es, ihr mit der Hölle zu drohen! Sie krümmt sich förmlich vor Lachen, berauscht sich daran, hört aber doch nicht eine Minute auf, die Herrschaft über sich selbst zu verlieren, während Pierre in Mäandermustern immer gefährlicheren Gedanken folgt, die ihn mitten in den Sumpf, mitten in die Nacht führen – nach Ratapoilopolis.
Sie labt sich an ihrem Triumph, läßt ihn in allen Nuancen spielen und kostet alle Freuden dieser tief im Blute begründeten Feindschaft. Pierre aber, vor ihrem bösen Willen ängstlich erschrocken, spricht leise einen Vers von Racine vor sich hin, den er in der Schule gelernt hat und damals nicht verstand:
Mes yeux le retrouvaient dans les traits de son père.
Die Züge seines Vaters!
Diese Ähnlichkeit erregt Madame Dumont-Dufour wie das rote Tuch den Stier. Bestünde sie nicht tatsächlich, sie würde sie herbeigeredet haben, bis Pierre ihm schließlich ähnlich geworden wäre; vielleicht hätte er ihn ganz einfach, ohne sich dessen bewußt zu werden, nachgeäfft. Denn wenn in einer Familie ein Mensch im Guten oder Bösen her-

vorsticht und seine Kinder schließlich seine Karikaturen oder seine Ebenbilder werden, ist dabei weniger Macht des Blutes oder Erblichkeit im Spiel als die Redewirkung der guten Freunde und Verwandten.
So werden die Kinder zu Symbolen der Neigungen der Eltern und durch mündliche Überlieferung vergiftet, wenn sie nicht durch eigene Kraft diejenigen überbieten, von denen man ihnen ihr Leben lang erzählt.
Madame Blok zum Beispiel, die, im Gegensatz zu Madame Dumont-Dufour, keine aggressiven Nebenabsichten hegt und trotz aller Bemühungen Bricoulets den Selbstmord des seligen Herrn Blok nicht vergessen kann, hört nicht auf, ihrer Tochter davon zu erzählen. Es ist für sie ausgemachte Sache, daß auch Diana zu einem raschen und freiwilligen Tod verurteilt ist. Jedesmal, wenn Diana das Haus verläßt, sieht sie dieses Schreckbild vor sich: »Dianchen, gib mir auch gut auf die Wagen acht. Häng vor allen Dingen nicht deinen traurigen Gedanken nach. Denk an deine Mutter. Wenn du stirbst, bin ich allein auf der Welt. Laß dich durch das Beispiel deines armen Vaters warnen. Ach! warum habe ich nicht auf Großmama in der Rue de Grenelle-Saint-Germain gehört, die einen Rothaarigen geheiratet hatte. Wie sie mich vor meiner Hochzeit warnte: ›Die Bloks leiden an gewohnheitsmäßigem Selbstmord, und das ist wie möhrenfarbenes Haar. Ist's einmal in der Familie, dann bleibt's auch darin. Günstigstenfalls kann es einmal ein oder zwei Generationen überspringen.‹«
Diana hat schon den Hut auf dem Kopf: »Auf Wiedersehen, Mama.« Und rasch muß sie noch einmal schwören, daß sie nie Selbstmord begehen werde. Sie schwört und lacht dabei, und kaum ist sie auf der Treppe, so ruft Madame Blok, über das Treppengeländer gebeugt, ihr noch einmal nach: »Dian-

chen, häng vor allen Dingen nicht deinen traurigen Gedanken nach.«
Diana lacht zwar über die Großmutter in der Rue de Grenelle-Saint-Germain, aber trotzdem erscheint ihr der Selbstmord manchmal wie eine Drohung, deren man sich kaum erwehren kann. Die Drohung wird fast zur Verheißung, und wenn sie müde ist, kann es geschehen, daß gewisse selbstmörderische Gesten, um sie zu locken, die Kühle eines tiefen Torwegs in einer fürchterlichen, mittäglich heißen Straße annehmen. Dann jagen sich die Gedanken: »Wir wohnen nicht umsonst auf der fünften Etage«, oder: »Die Revolver sind nicht für Katzen und Hunde da.«
So haben die Reflexionen der Madame Blok und der Madame Dumont-Dufour über Selbstmord und Wahnsinn aus Diana und Pierre Geschwister gemacht, deren innere Verwandtschaft um so inniger wurde, je mehr Dianas Bangigkeit mit jedem Tage zunahm und Pierres Bangen niemals aufhörte.
Diana aber hat sich zuerst auf sich selbst besonnen und daran erinnert, daß es gesünder wäre, die Luft kräftig durch die Nase einzuatmen, als vor der erblichen Belastung der Bloks zu zittern, unter der ihre Mutter sie schon zusammenbrechen sah. Morgens öffnet sie das Fenster und badet die Brust in der Luft von Montrouge. Was tut es da, wenn Madame Blok zum tausendsten Male ihren Salon beschreibt, ihre Gäste, ihr Kleid, ihre Strümpfe, ihre Schuhe, wenn sie das Menü hersagt und die Weinkarte für das Diner, das sie an jenem Abend veranstaltete, an dem der arme Dimitri in großkarierten Hosen und Hemdärmeln – Gott sei seiner armen Seele gnädig! – – Tralalalalala, summt Diana. Nicht aus Frechheit, sondern weil sie jung ist

gerne Obst ißt und tanzt, weil sie von bergigen Wegen in der Dämmerung träumt oder vom Meerwasser, nach dem ihre Arme duften, wenn sie in der Sonne geschwommen hat. Sie küßt die Haut über einem Bizeps, auf den sie stolz ist. Und muß sie auch jetzt ins Atelier und heute abend in irgendein Café auf dem Montparnasse und morgen zum Ball zum Besten irgendwelcher Russen und übermorgen -- wie sehr würde sie all dieses langweilen, wenn nicht Pierre -- sie unterbricht sich. Keine Arbeit, kein Fest gefällt ihr ohne Pierre. Und doch sind andere Männer zuverlässiger als dieses große, launenhafte und mürrische Kind. Das stört sie nicht. Und schon denkt sie daran, wie sie ihn heute trösten wird, und vergißt ihr eigenes Glück, ihr natürliches Glück des Daseins, um Pierre zu bemitleiden, der sich quält, weil sein Herz zu warm oder zu kalt ist, sein Herz, in dessen Innerem irgend etwas Sensibles, gleichsam Körperliches ängstlich zurückschreckt, wie ein nackter Fuß vor einem Felsen.

Pierre aber, dessen Hände manchmal zittern und dessen Kehle oft nicht eine Brotkrume durchläßt, beneidet Dianas frische Wangen, ihren Appetit und vor allem ihre Ruhe.

Jeden Tag spürt er, wie Madame Dumont-Dufour erfinderischen und leidenschaftlichen Geistes ihm neue Fallen stellt. Und jeden Tag fühlt er sich mehr unterliegen und ahnt, daß er nie von diesem Spuk geheilt werden wird.

Täglich nimmt er ein kaltes Bad, läuft zehn Kilometer zu Fuß, verbietet sich selbst, die Lippen zu nagen, und ordnet seine wirren Träume durch ein System von Syllogismen. Aber trotzdem fühlt er hinter seinen Augen eine Lampe brennen, die allmählich die Sonne verdunkelt und den Himmel ihm zerstört.

Ein kleines Flämmchen flackert unaufhörlich ängstlich und

hartnäckig, beleuchtet ein schwarzes Menschengewühl wie eine unterirdische Messe in den Katakomben. Pierre schämt sich der Gesichter und der Körper, die sein Schlaf sich ausdenkt und die ihn bei Nacht quälen.
Fliehen? Um Hilfe rufen?
Er flüstert einen Namen: Diana.
Diana.
Wieviel leichter alles wäre, wenn sie nur immer bei ihm bliebe. Sie allein findet die richtigen Worte, ihn zu beruhigen, seine Traurigkeit zu verscheuchen. Immer wieder erklärt sie ihm, er brauchte sich nicht dem Wahnsinn verfallen zu glauben, nur weil der Oberst tausendmal den gleichen Brief an Madame Pompadour geschrieben hätte.
Wenn es heiß ist, wenn an den Ufern der bleifarbenen Seine die Sonne allzu stark brennt, so führt sie ihn unvermerkt in den Schatten der Bäume. Und wenn es kalt ist, weiß sie alle Straßen, die vor dem scharfen Wind geschützt liegen. Will Pierre ins Theater gehen, so kennt sie alle Anschlagsäulen und weiß genau, was die Plakate, die dort in allen Farben durcheinander stehen, wert sind und bedeuten. Sie weiß, daß es ein verlorener Abend wäre, wollten sie sich das Stück ansehen, dessen Titel schwarz auf grün oder rot gedruckt ist, wenn es ihnen auf den ersten Blick auch verlockend schien. Sie weiß, daß in dem Theater nebenan ein ausländischer Autor gespielt wird, der zwar beim großen Publikum und bei den Snobs noch unbekannt ist, der auch von der Kritik übergangen wurde, dessen Stück Pierre aber heute abend ganz bestimmt gut gefallen wird.
Diana weiß alles, was Pierre tun, sehen, hören und lesen muß, um glücklich zu sein. Diana ist Pierres Weisheit, und er glaubt, in ihr endlich das Glück gefunden zu haben.
Aber warum dann das Achselzucken?

Ein rasches Lachen. Diana seine Weisheit?
Ja, heute früh noch, aus dem Dunkel seiner Angstträume, der morgendlichen, die tief ihre Schatten über den Tag werfen, rief er nach ihr mit glühenden Worten. Aus allen Schlingen des Schlafes sollte ihn »seine Weisheit« erretten. Aber nun er wach ist, fragt er sich, ob er sie wohl ebenso lieben würde, wenn er selbst weise wäre? Ob er dann auch nur den Wunsch hätte, sie zu sehen? Ob er sich wirklich wünscht, daß sie immer an seiner Seite bliebe? Oder ob es nicht nur die Pflicht der Dankbarkeit ist, die ihn an sie bindet?
Diana liebt ihn so sehr, daß sie die kleinsten Regungen seines Herzens und seines Geistes auffaßt und über alles sich betrübt, was darin nicht für sie spricht. Pierre denkt daran, wie oft ihr trauriges Gesicht ihn dazu gebracht hat, sich selbst zu hassen – jene anderen Lockungen zu hassen, die eigentlich nur verzeihlich waren, solange eine unerfüllte Sehnsucht sie legitimierte.
Jedes Leiden ist ihm lieber als das Gefühl der Scham, wenn Diana ihn stundenlang beruhigt hatte und nun merkte, daß man sie nicht mehr brauchte. Seine Gleichgültigkeit schien ihm fast wie ein Verbrechen.
Wenn Diana aufstand, obgleich sie so gern geblieben wäre, und umständlich sich zu verabschieden begann, so fühlte er sich fast gezwungen, sie zurückzuhalten, sie zu bitten, nicht fortzugehen, und ihre Hand auf seine Stirn zu legen. Dann gehorchte sie mit einem Glück, das sie kaum zu verbergen vermochte. Ihre Hände suchten einen Platz auf seiner Stirn wieder, aus der noch eben die fühlbare Kühle ihrer Finger kleine Unglücksgeister gesogen, die sein Hirn zermalmen wollten. Nun aber, da Pierre keiner heilenden Berührung mehr bedurfte, da es ihn nur langweilte, mußte er an Rekla-

mebilder in den Zeitungen denken, wo irgendein Migränemittel unter dem Namen eines guten Geistes angepriesen wird, der wie ein Zaubermagnet den Menschen die Nägel aus dem Schädel zieht. Ach ja, sobald er sich gesund fühlt, ist Dianas Hand auf seiner Stirn nichts anderes als eine unnütze Kompresse.

Dianas Hand eine unnütze Kompresse?

Egoist, konstatiert er und wirft sich vor, gegen das einzige Geschöpf, das ihn liebt, ungerecht zu sein. Gleichzeitig wird ihm klar, daß er sich nur gehen zu lassen braucht, um sich aus ihr nicht mehr zu machen als aus einem Medikament. Und er schämt sich. Er schämt sich, nicht nur, weil er einen Menschen, der ihm Gutes tut, schlecht behandelt, sondern auch und hauptsächlich, weil er sich selbst so leer fühlt, so jeder Öde und Langweile rettungslos preisgegeben.

Es ist wie ein Krampf, der ihn in dieser lächerlichen Stellung – Dianas Hand auf der Stirn – festhält.

Diana hat ihm den Frieden gegeben, aber anstatt darüber glücklich zu sein, benimmt er sich so wie die Dummköpfe, die zwar im Fieber herrlich phantasieren, die aber, sobald sie gesund sind, nur noch seichte und alltägliche Redensarten zu sagen wissen.

Pierre schweigt und spürt dabei selbst, daß sein Schweigen unerträglich wird. Er läßt ein Wort fallen, irgendeins. Es klingt wie eine falsche Münze. Er versucht einen Satz zu sagen. Und seine Ehrlichkeit bringt nichts anderes heraus als: »Ich will dich nicht fortschicken, meine gute Diana, aber deine Mutter erwartet dich bestimmt zum Essen.«

»Du hast recht, Pierre. Ich gehe.«

Beide stehen auf.

»Und was machst du nach dem Essen?« fragt Diana. »Mit wem gehst du aus?«

Als Antwort wirft Pierre einen Namen hin, immer den gleichen: »Bruggle.«
»Bist du denn jeden Abend mit ihm zusammen?«
»Mein Gott, ich habe nicht soviel Freunde. Arthur ist einer der wenigen, die mich liebhaben.«
»Davon warst du nicht immer so überzeugt.«
»Gott ja, wir haben manchmal miteinander gestritten. Er ist nervös, überempfindlich, aber seiner Zuneigung zu mir bin ich ebenso sicher wie meiner eigenen zu ihm. Und du?«
Diana sagt kein Wort. Ein zweifelndes Lächeln kräuselt ihre Lippen, und die Augen blinken ein wenig hinter den Wimpern.
Pierre denkt: Gewiß hat man ihr gesagt daß Arthur und ich –– Fast möchte er, daß sie weint, stellt fest, daß sie auf Bruggle eifersüchtig ist, und fragt sich selbst: Ist diese Eifersucht Liebe oder verletzter Stolz?
Und nun schämt er sich schon wieder. Gewiß ist sie beides, Liebe und verletzter Stolz zugleich. Soll er sie aus kindischer Freude am Spielen immer weiter leiden lassen? Sie, von der ihm aller Friede kommt?
Dabei weiß er doch ganz genau, wenn seine Mutter ihm heute wieder eine Szene macht oder wenn Bruggle ihn heute abend versetzt oder ihn mit häßlichen Worten verletzen wird oder mit kränkendem Schweigen, über das er mit der grausamen und sicheren Anmut eines jungen Tieres verfügt, so wird er morgen ganz bestimmt in aller Frühe Diana anrufen, wird sie bitten, mit ihm zu frühstücken oder ihn gegen zwei Uhr in einem Café des Quartier Latin zu erwarten, um einen Trostspaziergang über die Kais zu machen.
Pierre schilt sich Feigling, preßt die Nägel in die Hände, um sich zu strafen, gelobt sich, nie wieder so häßlich gegen Diana zu sein, und streicht mit seinen Lippen leicht über

ihre beiden Augen, um ihre Tränen zu trocknen. Da hat sie schon alles vergessen und verzeiht Pierre nicht nur, sondern sucht nach Gründen, ihn zu bedauern, ihn mehr noch zu lieben: Armer Junge, denkt sie, wie muß dieser Bruggle ihn mit seinen koketten Launen quälen! Und sie ist bereit, ihm alles zu verzeihen, während sie seine Lippen auf ihren Lidern fühlt. Sie hebt den Kopf. Es überrascht sie nicht, zu sehen, daß er sich schämt. Und wie um ihn vor sich selbst zu verteidigen, sagt sie: »Du verkennst dich, Pierre, du bist besser, als du glaubst.«

Sie will auch nicht, daß Pierre sie für allzu tugendhaft, für nicht sinnlich hält. Sie nähert ihr Gesicht dem Pierres und tut, als könne sie einer herrischen Begierde ihrer Sinne nicht widerstehen. Ihre Brust atmet schwer; ihre Augen, ihre Nüstern werden weiter, weil Pierre glauben soll, sie unterliege der Versuchung. Ihre Lippen strecken sich zärtlich vor, wie um sich anzubieten, scheinen zu schwellen, und rasch pressen sie sich auf die Lippen des jungen Burschen.

Aber dem ein wenig zu weit geöffneten Mund merkt man wohl an, daß es sich nicht um Wunsch oder Begierde handelt, sondern um die Absicht, Wunsch oder Begierde vorzutäuschen. Und nun wird Pierre seinerseits zärtlich, denn er versteht, was Diana ihn glauben machen will. Er versteht, daß diese stürmische Sinnlichkeit das Gegenteil von dem beweist, was sie beweisen möchte, daß Diana nicht gewohnt ist, ihre Lippen zu schenken, und selbst Pierre sie nicht aus Neugierde oder in Erwartung irgendwelcher Freuden gab, sondern ganz rein und einfach aus Freundschaft und Erbarmen. Pierre hat begriffen, wie sehr sie an ihm hängt und daß sie sogar, nur damit er nicht fortgeht, gern dazu bereit wäre, in seinen und in aller Augen als ein junges Mädchen zu gelten, das alles mitmacht. Vor allem will sie, daß Pierre nie vor ihr erröten soll. Und ist darum bereit, nicht nur sich als kokett und leichtsinnig und sinnlich zu geben, sondern auch das andere, das Offensichtliche, Bruggle, mit allen seinen Verführungen zu ignorieren.

So durchsichtig klar war Dianas erster Kuß, daß Pierre mit einem Blick den ganzen Sinn dieser Zärtlichkeit überschauen mußte. Diese Stille und doch so leidenschaftliche Reinheit erregte in ihm nur neue Gewissensqualen. Er fühlte sich gebunden. Hunderte von Malen hat er sich seither wiederholt, daß dies das schönste Geschenk ist, das eine Frau oder ein Mädchen einem Mann machen kann: dieser Kuß eines Engels, der aus Mitleid die Gebärde einer Dirne annimmt.

Ein Engel, der aus Mitleid die Gebärde einer Dirne annahm? Er warf sich seine eigene Romantik vor, aber wiederholte sich trotzdem leise diesen Satz, fast zu Tränen gerührt, und strich dabei Diana leicht über den Nacken: »Diana, meine Dianette«, flüstert er, wie ein Sünder, der dem Heiligen, der ihm im Augenblick der schwersten Selbstvorwürfe erscheint, dankbar wäre, wenn dieser Heilige sich darauf beschränken könnte, nur sein eigenes Leben zu erzählen.

»Diana, meine Dianette«, wiederholte er. Und solche Inbrunst war dabei in seiner Stimme, daß das junge Mädchen hoffte, aus einer strahlenden Freundschaft bräche auf einmal jenes gewaltige Leuchten der Liebe hervor. Und Pierre fragte sich selbst (obwohl er zum Beispiel nicht fähig war, für Diana die gleichen Opfer zu bringen wie er sie täglich für Bruggle brachte), ob er nicht doch einen gewissen Grad der Vergötterung Dianas erreichen könnte, während freilich bei Bruggle nichts Himmlisches notwendig war, um seine Neigung und sein Verlangen nach ihm zu steigern.

»Diana, meine Dianette«, wiederholte er leise. Und er sah sie nicht mehr als Tochter einer dicken, weinerlichen Frau und eines Herrn Blok, der sich in großkarierten Hosen erhängt hatte.
So geschah es, daß er, wenige Minuten nachdem er geglaubt, Dianas Hand sei schließlich nur eine unnütze Kompresse, spüren durfte, daß sie zu einem Wunder die Kraft in sich trug, die sie mit einer solchen Anmut umstrahlte, daß ihm ihr Geheimnis plötzlich »göttlich« erschien.
Ob es nicht das beste sei, Diana zu bitten, daß sie immer bei ihm bliebe – sein ganzes Leben lang?
Und schon malt er sich sein Schicksal aus, von Dianas Güte verschönt: Zärtlichkeit, Vergessen des Obersten und seines Wahnsinns, Vergessen der Frau Dumont-Dufour und ihrer erbitterten Rache. Tage und Nächte gleich ruhig und gestillt. Ein kühler willfähriger Körper schenkt ihm seinen Schlaf, frei von Angstträumen, in einem breiten Bett. Nie mehr wird er träumen müssen, daß er Stunden und Stunden einsam in der Dämmerung durch die Straßen einer fremden Stadt läuft, in der die Menschen alle Raubtieraugen haben.
Bruggle würde vergessen sein mit all seinen Launen und Abenteuern, in die er Pierre unaufhörlich mit hineinzieht, nur um ihn am andern Morgen von Alkohol, Ekel und Angst verwüstet zu sehen. Ja, so würde Pierre gewiß an Dianas Seite alle Verzweiflung und alle Traurigkeit vergessen und so glücklich sein, daß er sich selbst kaum mehr fühlte.
Aber da lacht er schon.
Diana zieht ihren Pelz an, er begleitet sie bis zur Tür, und ohne ein Wort läßt er sie fortgehen. Sie und er? Glück? Zum Lachen. Ein Liebeslied, das gerade soviel wert wäre wie das Summen des Wassers im Teekocher.

Wenn Pierre Diana weniger liebte, so würde er sie vielleicht zu seiner Krankenpflegerin machen und sie dann fortschikken, sobald er gesund wäre. Dann könnte Diana nachher ausprobieren, ob es mit dem Selbstmord ebenso geht wie mit roten Haaren. Er malt sich Dianas Tod aus, als hätte er darüber zu bestimmen. Ist er denn wahnsinnig? Nicht nur wahnsinnig, sondern auch bösartig. Ein Verbrecher, wie es Madame Dumont-Dufour immer behauptet? Diana ist das einzige Geschöpf, das ihm immer geholfen hat, dem er alles verdankt, und trotzdem überlegt er eben bei sich, wie er sich ihrer noch nützlicher bedienen könnte und sie dann fortwerfen und zugrunde gehen lassen, wenn er sie nicht mehr brauchen würde?
So denkt er, und gleichzeitig möchte er Diana bitten, seine Gedanken zu verzeihen, Diana, die stärker ist als er. Diana, die kluge Jungfrau, die Erbarmen hat mit denen, die sich dem Trunk und den Lastern ergeben.
Diana wird ihn immer beschützen und ihm immer helfen. Allein würde er nicht wissen, wohin fliehen. Wie oft schon, wenn er seiner selbst überdrüssig war, ging er hinunter, nicht andere um Hilfe zu bitten, sondern um sich in den Straßen zu verlieren, dem namenlosen Irrgarten und doch dem schönsten Park aller Verheißungen, wie er sich zu glauben zwang. Er strich umher und fand nicht seinen Traum, nach dem er suchte, in den er sich verlieren wollte. Kein Blick hielt den seinen fest. Er wanderte, und die Kälte legte sich ihm wie ein feuchtes Tuch unter die Kleider. Es war, als hätte sein Knochengerüst all sein Fleisch verschlungen und als ob alles Blühende an seinem Körper welkte. Seine Hände in den Taschen waren wie Blumen ohne Saft und Farbe. Dann trat er irgendwo ein, nicht um menschliche Hilfe zu suchen, denn vor dem Zusammenbruch konnte er sich nur

durch seltsame Mittel retten. Mit einer Menschenhaut, die von dem gleichen Geist bewohnt war wie er, hätte er wenig beginnen können. Man schloß die Augen, man atmete tief irgend etwas ein, und nach Verlauf von zehn Minuten hatte man keine Angst mehr, die Augen aufzutun: Eine neue Welt blüht auf aus der alten Öde!

Der Körper ist nicht länger mehr zum Unglück verurteiltes Fleisch, der Körper friert nicht mehr. Er schwingt sich hoch und fliegt und hat nicht mehr Gewicht als ein Lied in der Mitternachtssonne.

Mitternachtssonne!

Ach Gott, da schlägt es gerade sieben Uhr, und der Salon in Auteuil ist wieder da, der kleine Salon, in dem er wie gelähmt sitzt, während zwei Augen ihm gegenüber ihn fragend durchbohren. Heute abend gibt es auf der ganzen Welt keine Güte mehr.

Sogar die Straße wird so grausam, daß sie keine ihrer Versprechungen mehr zu halten scheint. Der Versprechungen, die wie Magneten sind, wie die müden, nassen Füße in den mutlosen Spätnachmittagschuhen. Die Gaslampen verhöhnen ihn. Pierre kennt die tausend kleinen Sterne, die sie aufs Pflaster werfen, das für seine von Gewissensqualen trüben Augen keine erlösende Lockung mehr trägt. Reglos und starr sitzt er im Sessel, von Dämmerung eingehüllt, und verspürt nicht einmal mehr den Antrieb, aus diesem Haus, vor diesem Blick zu fliehen.

Er könnte jetzt nicht mehr die Hängelampen hinter den Fensterscheiben der Häuser ertragen die in fremden Eßzimmern ein trautes Familienglück beleuchten. Schon wieder dies Lachen. Eßzimmer, Hängelampen, Familienglück. Vielleicht ein künstlicher Blumenstrauß, wie dieser hier? Nein, er wird Diana gewiß niemals solche Blumen schen-

ken, wenn sie auch bunter sind und unschuldiger als Feldblumen.
Bunte Flecken in Parterrewohnungen, in denen es keine Überraschungen, aber auch keine Gefahr gibt. Wo man auf dem Klavier mit einem Finger »Guter Mond, du gehst so stille« und all die anderen Lieder spielt, die für die heilige Einfalt unseres Lebens geschaffen sind. Niemals werden diese Lieder die Teufelsmelodien verdrängen, die zuerst leise flüsternd, dann stärker werdend, aufschreien und sich überstürzen und mit Klammern sich in das Gehirn pressen.
Pierre weiß nicht, wie das zugeht, aber er fühlt sich dazu verurteilt, ein ganzes Orchester zu ertragen, jedes Instrument eine neue Qual. Ein Geigenbogen über seinen Augenlidern streicht ganze Akkorde aus einer einzigen Träne, während der Stationschef des Unglücks, Madame Dumont-Dufour, wiederholt:
»Einsteigen nach Ratapoilopolis.«
Ratapoilopolis. Wahnsinn. Immer noch? Verflucht, er will stark sein. Seine Fäuste krampfen sich zusammen. Die Nägel dringen ins Fleisch. Er möchte schneller sein als seine eigenen Gedanken, möchte diese zischelnden Stimmen übertönen, möchte der Herr seines Schicksals werden und sich nicht überraschen lassen bei Träumen und Bildern, die ihm gefallen.
Die ihm gefallen? Also hat er eine Vorliebe für gewisse Träume? Darüber ist er sich klar, aber diese Klarheit muß ihm auch helfen, über sie zu siegen.
Freilich ist ein klarer Kopf noch kein undurchlässiger. Im Gegenteil allen Sturm und Wettern offen und am nächsten Morgen nichts als eine schwere Frucht im bitteren Tau: den Träumen.
Die Träume.

Er kennt alle, von den Lachträumen bis zu jenen anderen, nach denen man man Morgen mit einem Gesicht aufwacht, auf dem die Tränen ziellose Straßen gegraben haben. Kaum schließen sich seine Augen, so erinnert er sich schon, daß Madame Dumont-Dufour in der letzten Nacht in rosa Hemdhöschen und langem Trauerschleier am Himmel von Paris Purzelbäume schlug, mit den Beinen, auf deren rassige Magerkeit sie immer stolz war, hin und her pendelte und mit lauter Stimme brüllte, daß man sie von der Bastille bis zu Port Maillot und vom Montmartre bis zum Montrouge hätte hören müssen: »Beschwören Sie es, beschwören Sie es, ich könnte ja auch ein Perlenkollier verlieren und meinen Popo zeigen! Ich bin ein Stern! Eine Sternschnuppe!« Und die Sternschnuppe verschwindet plötzlich.
Aber weil Pierre nicht geschworen hat, verschlingt ihn das Dunkel. Er hört, wie man Recht spricht über ihn. Das Urteil lautete: Endlos allein durch den Louvre rennen und seine eigenen Augen suchen, die ihm aus den Höhlen fielen, irgendwohin in die Daunen, mit denen alle Säle des Museums gefüllt sind. Kleine Federn kleben an seinen Lippen, an seinen Nasenflügeln, füllen seine leeren Augenhöhlen, seinen Mund. Er erstickt, will schreien, kann nicht, und schließlich tropft das Blut, das er weint, so heiß, daß der Schmerz seiner brennenden Hände ihn aufweckt.
Vom rasenden Gelächter bis zu Tränen: Madame Dumont-Dufour als Komet am Himmel der Hauptstadt oder das Grauen der verlorengegangenen Augen.
Seine Träume.
Sie finden kein Ende am Ende der Nacht, ihre Schatten verdunkeln auch seinen Tag. Freilich, manche Gefahren und Fallen sind für die Nacht vorbehalten. Da ertrinkt man allein in den Kissen des Bettes und findet die Nacht-

tischlampe, die rettende Boje, nicht mehr. Ein Wrack elenden Fleisches, Pierre Dumont, geht unter mit Mann und Maus. Wenn doch wirklich alles, alles zu Ende wäre, dann brauchte man wenigstens nicht mehr an der Küste von Ratapoilopolis zu scheitern.
Wie einfach und schön wäre das: In den Fluten verschwinden. Welch ein Unsinn. Im Bett liegt man, muß aufstehen und wieder an das Tagewerk gehen.
Und jetzt – am Tag – kommen die Spiegel, die vielen, in denen man sich sucht und nicht erkennt, und doch weiß man wieder, daß das Menschenkind dort Pierre Dumont heißt. Und außer den Spiegeln gibt es Treppen, Wendeltreppen. Kein Mensch weiß, wohin sie führen. Man steigt hinauf, hinunter, man hat Angst, man hofft, und auf einmal steht man einem unbestimmbaren Geschöpf gegenüber, das kaum ein Mensch zu sein scheint, obgleich es einen Kopf hat, zwei Arme, zwei Hände, zwei Beine, zwei Füße. Und man muß rücklings hinaufsteigen, weil das Ungeheuer es so haben will. Kaum hat man drei Schritte getan, so spürt man einen kalten Schauer, der sich an die Wirbelsäule krallt wie Efeu an den Baumstamm und der von einem anderen Geschöpf ausgeht, ebenso grauenhaft wirklich und ebenso unfaßlich, das hinunterzusteigen befiehlt, so wie das erste hinaufzusteigen befahl ... so ist man Gefangener zwischen zwei gleiche, einander widerstrebenden Kräften, kann weder vor- noch rückwärts, von einem zum anderen gestoßen, und es bleibt nichts übrig, als sich zermalmen zu lassen, während Madame Dumont-Dufour in Nachthemd und Krause, mit Haarwickeln und Gummizugstiefeln, eine Teeserviette wie eine Fahne schwenkt und auf einer Groschenpfeife flötet:
»Einsteigen nach Ratapoilopolis!«

Ratapoilopolis?
Wahnsinn?
Weil er seiner Gedanken so unsicher ist, trotz der »guten Kopflinie«, von der ihm die Wahrsagerinnen immer gesprochen haben, will er Trost suchen bei seinem Körper, wenn schon er die Schwäche seiner Arme und seiner Brust zugeben muß. Er läßt sich auch nicht beirren dadurch, daß Madame Dumont-Dufour ihn bei jeder Gelegenheit einen Schwächling schimpft. Er weiß, daß seine äußere Schale ganz gut ist. Er entsinnt sich noch sehr gut, wie ein Boxer, ein mächtiger Bursche, der sich gewiß besser darauf verstand als Madame Dumont-Dufour, ihm sagte, als er ihn zum erstenmal nackt sah: »Du bist ein kleiner Spatz, aber trotzdem bist du ganz gut gebaut.« Dann lobte er ihn im einzelnen so sehr, daß Pierre noch bei der Erinnerung daran vor Freude rot wird.
Der große Bursche und seine Komplimente waren vielleicht ein bißchen komisch, aber warum eigentlich soll er weniger recht gehabt haben als Madame Blok und Madame Dumont-Dufour an ihrem Teetisch? Muß man nicht mit allen Mitteln gegen derartige Vorgänge ankämpfen, daß eine blöde Spießbürgerin die andere fragt, ob ihr Sohn anormal sei, und die andere blöde Spießbürgerin der ersten zu antworten wagt, er sei ein wenig degeneriert!
Wenn diese Spießbürgerin wenigstens hübsch wäre, aber er hat sie zu lange Jahre beobachtet, um nicht alle ihre Mängel genau zu kennen, angefangen bei ihrer Haut, die so grobkörnig und so schlaff ist, daß man in jede Pore ein kleines Fähnchen stecken könnte. Wie er sie heute so unbeweglich im Sessel vor sich sitzen sieht, malt er sich ihren Körper aus, der unter ihrem Kleid so dürr zu sein scheint wie ein Kleiderständer, und es fällt ihm schwer, die tatsächliche Gegen-

wart dieses Körpers zu begreifen, sich vorzustellen, daß er aus ihm hervorgegangen und bestimmt wäre, durch sein Dasein ihn weiterleben zu lassen.

Auf die Leidenschaft, die seine Mutter für ihn hegt – Leidenschaft des Hasses, aber immerhin Leidenschaft –, hat er in Wahrheit nie mit einem Gefühl geantwortet, das seine Stärke in sich getragen hätte. Und seine Wut gegen sie ist genau die eines Menschen, der aus Schwäche gestattet, daß auf Kosten seiner eigenen Freiheit, seines geistigen Glücks, das aggressive Leben einer Kreatur sich bereichere, von der er zuerst nicht erwartet hatte, daß sie mehr oder besser sei als ein lebloser Gegenstand, und der gegenüber von Anfang an von allen Haltungen Gleichgültigkeit die einzig mögliche war.

Diese Gleichgültigkeit, war nicht eigentlich sie es, die mit einem friedlichen Schleier Pierres erste Jahre umhüllte? Später verwandelte sie sich dann in das Gegenteil. Und schließlich fragte er sich, ob denn seine Augen und Ohren und der geheime Sinn, mit dem er das Unsichtbare umfaßte und den er in seiner Kindersprache »sein Herz« nannte, vielleicht einer Mißgeburt angehörten. Er hatte in der Küche belauscht, wie die Köchin von den Reizen sprach, die die Frau auf den Mann ausübt, und versuchte nun sich vorzustellen, wie es denn möglich sei, daß seine Mutter irgendeinen solchen Reiz für seinen Vater und ihn selbst haben konnte. Niemals hat die mütterliche Brust ihm jene Neugier eingeflößt, mit der er sich mitunter an die Kleider der Damen drängte, die sie besuchten, oder an die drallen Mieder der Veilchenverkäuferinnen auf den Straßen.

Als dann der Boxer in der Bar ihn angesprochen und ihm mit einem zweideutigen Lächeln, das Pierre nicht gleich verstand, Unterrichtsstunden in Körperkultur angeboten und ihm gesagt hatte: »Du bist ein kleiner Spatz, aber ganz gut gebaut«, und als der Riese mit der eingedrückten Nase und der doch so rosigen Haut den »kleinen Spatz« dann unter einem »pizzicato« erzittern ließ, das sicherlich nichts mit kunstgerechten Turnübungen zu tun hatte, da fiel dem jungen Burschen plötzlich auf, wie seltsam ihn die zielbewußt harten und doch zärtlichen Griffe erregten, während Leib und Gesicht der Mutter ihm nur alle Häßlichkeiten des sogenannten schönen Geschlechts zu fühlen gegeben hatten. Und so ereignete sich das Seltsame, daß die Freuden, die ein Athlet ihn als erster ahnen ließ, seiner Haut natürlicher deuchten als die anderen, die er, trotz einiger Enttäuschungen in Frauenbetten, so gerne für die aufregendsten und die einzigen gehalten hätte.

Und wenn später die Wärme einer Frau mehr als einmal sein Verlangen erweckt hatte, war es mehr die Wärme als die Frau. Wenn solch ein Verlangen, dessen Gegenstand schon fast gleichgültig war, sich zunächst durch tierische Brutalität äußerte, so machte jedesmal diese Ekstase, die seine Partnerin anfangs für Verliebtheit hielt, einem derartigen Widerwillen Platz, daß er das Bett verließ. So hatte der Körper der Frau bald keinen Reiz mehr für ihn.

Wenn er sich jedoch an die Gebärden des Athleten erinnerte und an die Glücksmöglichkeit, die ihm aus ihnen erwuchs, so betrachtete er die jungen Männer seiner Umgebung nicht mehr mit rein kameradschaftlichen Augen. Zum Beispiel stellte er sich im Atelier während des Modellzeichnens, um das schmutzige Modellweib zu vergessen, an Stelle ihrer Nacktheit mit den schwammigen Brüsten und dem pappigen Hinterteil seinen Nachbar nackt vor: schlanke Beine, schmale Hüften, einen vollendeten Oberkörper.

Pierre fühlte sich unfähig, dem dicken Mädchen, das er niemals hätte berühren können, irgendwelche menschliche Würde zuzuerkennen oder auch ihm das rein sachliche Interesse einer Zeichnung zuzuwenden – er vergaß sie auf ihrem Podest, ließ sie verschwinden und vergehen, während seine Finger ganz spontan auf dem Papier einen menschlichen Kontinent entdeckten, dessen edle Linien und Küsten sein Bleistift nachzog. Seine Augen, seine Nase, sein Mund und alles, was in ihm aufblühte zu Glück oder Unrast, spürte nur das eine Bedürfnis, nur den einen Willen: das Geheimnis dieser Landschaft zu enthüllen, ihrer Halbinseln und ihrer Flächen. Und der Anblick des unbekannten jungen Mannes neben ihm hielt ihn wie in einem Netz gefangen.

Dann erweckte ihn irgendein aufgefangenes Wort oder ein Blick auf ein Nachbarheft plötzlich aus seinen Träumen und brachte ihm wieder das Modell zum Bewußtsein. Er ärgerte sich wegen seiner Unbeherrschtheit und klagte seinen Bleistift an, er habe ihn verraten, wo er ihn doch nur vor sich selbst enthüllt hatte. Er wollte sich wieder zum Zeichnen zwingen, versuchte, das Bild des dicken Mädchens wieder zu erwecken, aber ihre Existenz blieb unwahrscheinlich, denn – wie um ihn zu blenden – brach zwischen ihr und ihm, in einem Licht, das von keiner Körperlichkeit begrenzt war, die Jugend, die ganze wilde Jugend auf.

Als Diana, die ihn vom Hintergrund des Saales aus beobachtet hatte, ihn am Schluß der Stunde fragte, warum er das Modell so wenig beachtet habe, antwortete er:

»Das Kind der Mittnacht tanzte zwei Tage und gefiel!«

Diana mußte daran denken, wie sie sich am Abend vorher geschworen hatten, kein Geheimnis voreinander zu haben, und doch machte sie ihm keinen Vorwurf über seinen Vertragsbruch. Sie begnügte sich mit dieser vagen Antwort und wollte ihren Doppelsinn nicht verstehen. Pierre, beschämt und außerstande sich deutlicher auszudrücken, versuchte zu lächeln, aber seine Lippen öffneten sich so mühselig dazu, als müßte ein dünner unsichtbarer Faden sie erst auseinanderschneiden.

Dann sprach er so zaghaft, wie jemand, dem man viel verzeihen muß, bot Diana an, sie nach Haus zu begleiten, und drückte leicht ihren Arm an sich, aber seine Gedanken und sein Geist flohen weit von ihr in ein unbekanntes Wolkenland.

Als sie vor das Haus der Frau Blok gekommen waren, sagte er ihr geistesabwesend auf Wiedersehen und stotterte irgendwelche Entschuldigung, um ihre Einladung zu einer Tasse Tee abzulehnen. Sie fühlte ihn so fern. Ein Meer der Trauer schlug über ihr zusammen. Ein Tag war zu Ende.

Pierre stand ihr stumm und schuldbewußt auf dem Trottoir gegenüber, und sie war sich einerseits zu klar darüber, daß das geringste Wort in diesem Augenblick eine Ungeschicklichkeit gewesen wäre, andererseits waren ihr die Tränen zu nahe, um rasch und ohne ein Wort scheiden zu können und ihren Schmerz zu verbergen. Mühsam, mit gepreßter Kehle: »Auf Wiedersehen, Pierre.« »Auf Wiedersehen, Diana«, kam es so schwer zurück, jede Silbe so mit Gewichten beladen, daß sie die Unbewegtheit der Hand, die man ihr hinstreckte, auch nicht mehr überraschte. Pierres Finger sind auf einmal für Diana namenlose Fremde geworden. Ob sie wohl für immer die Wärme verloren haben, die sie so gerne an ihrem Hals spürte? Und noch einmal mit halberstickter Stimme: »Auf Wiedersehen, Pierre. Ich werde dich morgen möglichst früh anrufen.«

Sie wird morgen möglichst früh anrufen! Weil sie sich mit festem Schritt abgewandt hat, versucht Pierre sich einzureden, sie sei weder traurig noch böse gewesen. Trotzdem sieht er ja noch vor sich, wie der Malkasten in ihrer Hand zitterte, und kann das Schluchzen nicht vergessen, das durch das banale »Auf Wiedersehen, Pierre. Ich werde dich morgen möglichst früh anrufen« hindurchklang. Nun ist er allein auf der Straße, weiß nicht, wohin er geht, wohin er gehen möchte, und muß sich nur seine Gleichgültigkeit gegen alles vorwerfen, was nicht schlankes Bein, schmale Hüfte, vollendeter Oberkörper ist, eine Gleichgültigkeit, in die er durch die Schuld – Schuld oder Gnade? – seines Ateliernachbars verfiel.

Seine Augen sind versiegelt, seine Ohren verschlossen. Aber ehe er ein natürliches Verlangen zugibt, hält er sich lieber für das Opfer von Zauber und Hexerei. Denn, wenn er auch nicht ungern das Modell vergessen hat, das dicke pausbäckige Mädchen auf dem Podest, muß er sich nicht Vorwürfe machen, daß ihn Teile eines banalen Individuums verwirrt haben und nicht einmal ein ganzes, geheimnisvolles Menschenwesen?

Und trotzdem, wegen dieses banalen Individuums, dessen Lockungen nicht einmal die Verheißung eines höheren Entzückens bergen, hat Pierre Diana schon Gleichgültigkeit, ja sogar Mißachtung gezeigt. Zwar versuchte er gewaltsam, sich zusammenzunehmen, damit das junge Mädchen doch noch an seine Zärtlichkeit glauben sollte, aber es gelang nichts anderes als eine armselige Täuschung. Er wiederholte den Namen: Diana, Diana, Diana, und sein Arm versuchte sich zärtlicher gegen den Arm der Gerufenen zu drücken. Vergebens. Der Ärmel eines Männermantels streifte an den Ärmel eines Frauenmantels. Doch beide schienen leer, nicht einmal Skeletteile, sondern ganz gleichgültige Stöcke bedeckte das Tuch der Mäntel. Und weil er fühlte, daß er im

Augenblick seine treueste und beste, seine einzige Freundin vergaß, klagte er das Schicksal an, das er nicht zu meistern vermochte.
Dabei schämt er sich seiner Feigheit. »Bist du denn kein Mann, armer Pierre?« sagte er zu sich selbst und nimmt sich vor, in Zukunft ganz offen zu sein. Also: In Zukunft kein Mitleid mehr mit Diana, kein Armdrücken, kein Nachhausebegleiten, wenn er Lust hat, woanders hinzugehen. Den Mut zu seinen Neigungen haben. Und wenn sie ihn wieder fragt, warum er nicht aufgepaßt hat, dann wird er ihr nicht mit einem so törichten Satz antworten, sondern ganz einfach erklären: wenn er im Augenblick entschlossen sei, keines ihrer Worte anzuhören, so käme das einfach daher, daß ihm im Augenblick alle Dianas der Welt gleichgültig seien und er einzig nach einem Menschen verlange, dessen Körper es wert sei, daß man ihm bis ans Ende der Welt nachliefe.
Und dann wird er herauszubringen versuchen, in welchem Café dieser andere verkehrt, und wird Diana mitsamt ihrer Tugend und ihrem Zeichenkasten auf dem Trottoir stehen lassen, dem sie nur grades Wegs zu folgen braucht, um zur lieben Frau Blok, ihrer Mutter, zu gelangen, bei der sie von jetzt ab ruhig bleiben soll, anstatt in Ateliers und auf Soireen zu laufen, wohin sie weder ihr Beruf noch ihre Neigungen treiben, sondern lediglich der innerste Wunsch, Pierre an Abenteuern zu hindern, die sein Schicksal sind.
So wird Diana, in deren Schuld er sich noch eben fühlte, plötzlich selbst zur Schuldigen. Immer das gleiche: Zärtlichkeit, solange er sie braucht, und Mißachtung, wenn er sie nicht mehr braucht.
Er selbst hält sich im Augenblick für den Untadeligen und zürnt nur ihr, die, wie er sich einredet, ihn heiraten möchte.

Wenn er also jetzt dorthin geht, wo er den jungen Burschen mit den schlanken Beinen, den schmalen Hüften und dem schönen Oberkörper zu finden hofft, so tut er es nicht – das steht fest! –, um eine Lust zu befriedigen, die er selbst verachtet, sondern lediglich, um sich an Diana zu rächen, deren Gegenwart ihn daran hindert, sein eigenes Leben zu leben.
Und schließlich hat Pierre den Ateliernachbarn wiedergefunden. Er hat erfahren, daß es kein gewöhnlicher kleiner Malschüler ist, sondern ein junger Musiker, der durch eine Ballettmusik bekannt wurde. Pierre kannte das Ballett zwar nicht, hatte aber von dem Komponisten schon gehört.
Arthur Bruggle.
Um diesen Namen, der bis vor wenigen Monaten noch ganz unbekannt war, strahlt etwas wie eine geheimnisvolle Aureole. Man erzählt sich mancherlei von ihm, aber die Wahrheit ist sicher gar nicht so schlimm.
Bruggle ist als Tellerputzer aus Amerika übergefahren. In Le Havre fehlte ihm das Reisegeld dritter Klasse nach Paris. Da wurde er Klavierspieler in einem kleinen Tingeltangel. Für die amerikanischen Matrosen und Neger und Hafenarbeiter, die dort noch in später Nachtstunde einen letzten Schnaps tranken, spielte er seine Rhythmen, Blumensträuße, in einem früheren wilderen Leben gepflückt. Dann, mit rasch entflammten Augen, als weiteten sich die Lider, bis das ganze Meer sich zwischen ihnen öffnete, mit geblähten Nüstern, die den Atem der eigenen, nach Alkohol duftenden Lippen einsogen wie eine Blume ihren Duft, vergaß Arthur – dem Medium gleich, das dem ersten besten polierten Eichentisch gegenüber die geheimsten Strömungen wirkend macht – mit Händen, die bei jeder Note feiner und schlanker wurden, so schlank, so fein, daß es kaum glaubhaft schien, wie diese Lianen, die das Klavier meister-

ten und wie Efeu sich um den Rhythmus knüpften, einem gewöhnlichen Menschenwesen gehörten –, vergaß Arthur seine ganze Vergangenheit, seine ganze Gegenwart um eines Traumes willen ohne Bild, ohne Wort.
An einem solchen Abend entdeckte ihn irgendein Impresario, der eine Tanzbar leitete, und nahm ihn nach Paris mit, seine Jazzband zu dirigieren. Aber der Mann brachte ihn zur Raserei. Und außerdem ist er ja nicht über den Ozean gekommen, um nachts die Snobs der Alten und Neuen Welt zu amüsieren. Kaum hatte er einige hundert Franken verdient, so fliegt er in die Freiheit und mietet sich in einer kleinen Pension in der Nähe des Jardin des Plantes ein. Sein Handkoffer enthielt einen Smoking, drei Seidenhemden, ein paar schlechte Anzüge, ein Buch von Ruskin und ein paar Reproduktionen von Quattrocentisten. Auf seinem Tisch steht die Photographie einer Negerin, die er in Chikago gekannt und deren Zähne, deren kindliche Augen, deren heimwehschwere Stimme er geliebt hat. Diese Affäre mit der Negerin hat ihn drüben in Amerika mit seinen Universitätskameraden auseinandergebracht. Frankreich erscheint ihm nun als das Land der Freiheit, weil man hier die Photographie einer Farbigen auf seinem Tisch aufstellen darf.
Er kauft sich Bücher über Harmonielehre. Er arbeitet den ganzen Tag. Nachts spaziert er allein durch Paris, das er erobern möchte. Er geht durch den Regen und vergräbt die Hände in seinen Raglan, der nicht mehr wasserdicht ist. Er hat die Seine und die Kais entdeckt, hat verstanden, daß man Schnittlauch den Spargel der armen Leute nennt und daß man in manchen Kneipen, wenn man eine Flasche Wein haben will, ein Kilo Weiß bestellen muß. Er hat »Die Nacht im Luxembourg« von Remy de Gourmont gelesen und die lächerliche kleine Eisenbahn gesehen, die vom Boulevard

Saint-Michel zu den Hallen führt, wo die Gemüse schöner als die Blumen sind. Er ist durch alle Straßen des Montmartre gelaufen, aber er war zu arm, um in irgendeine Bar einzutreten. Oft friert er. Er ist nahe daran zu weinen, und es fehlt nicht viel, daß er wieder an seinen Flügel in dem ekelhaften Nachtlokal zurückkehrt. Aber er sträubt sich, sagt sich immer wieder, daß er einer der Könige von Paris werden muß, ein reicher junger Lebemann, und daß er, wenn es darauf ankommt, aus allem, sogar aus seinem lächerlichen Vornamen, Vorteil schlagen kann.

In den Auseinandersetzungen, die er jeden Abend mit sich selbst hat, urteilt er über sich, als sei er ein Fremder, und nennt sich »Herr Arthur«. »Herr Arthur« – als das Pensionsmädchen, die aus Neugierde auf dem Meldezettel seinen Vornamen gelesen hatte, ihn zum erstenmal so nannte, hätte er vor Vergnügen fast einen Purzelbaum geschlagen.

Gut also, Herr Arthur hat sich unter dem nächtlichen Pariser Regen zehnmal, hundertmal gesagt, er werde tapfer sein, werde nicht frieren, werde arbeiten.

Und Herr Arthur ist tapfer gewesen, hat nicht gefroren, hat gearbeitet.

Gerade hatte er seinen letzten Hundertfrankenschein angebrochen, als ein wunderlicher Zufall es wollte, daß er die Bekanntschaft einer Rumänin machte, die innerhalb von zwanzig Jahren fünfmal Namen, Religion und Vaterland gewechselt hatte. Zur Zeit war sie die Frau eines skandinavischen Diplomaten und als solche im Ehrenausschuß des dänischen Balletts. Sie wußte, daß Arthur komponierte, lud ihn ein und fragte ihn nach seinem Leben. Instinktiv traf Arthur den richtigen Ton, und kaum hatte er seine Geschichte beendet, so schmolz die rumänisch-skandinavische Dame, noch bevor er den Flügel angerührt, schon in

Bewunderung für diesen Burschen, der halb so alt war wie sie, aber dreimal so viel erlebt hatte, und versprach, ihn dem Direktor des dänischen Balletts vorzustellen. Sie hielt Wort, brachte Arthur mit einem Maler und einem Dichter zusammen, und einen Monat später hatte das Trio ein Ballett in die Welt gesetzt, das am Saisonschluß einen ganz anständigen Erfolg verzeichnen konnte.

Arthur Bruggle war nun, wenn auch nicht berühmt, so doch wenigstens lanciert.

Der Maler und der Dichter waren beide außerhalb ihrer Kunst und ihres Ehrgeizes höchst uninteressant. Außerdem störte Bruggle ihre Häßlichkeit. Die rumänisch-skandinavische Dame fand er auch nicht gerade pittoresk, aber sie war immerhin eine ganz stattliche »Abenteurerin«. Nachdem sie freilich seit der Ehe mit dem nordischen Diplomaten in der Pariser Theater- und Zeitungswelt zu Macht und Ansehen gelangt war, wahrte sie eine wohlüberlegte Reserve. Sie wollte eine Rolle spielen im Faubourg Saint-Germain.

Da sie aber einerseits keine besondere künstlerische Begabung besaß und es ihr auch wiederum nicht genügte, nur als »Grande Dame« Feste zu organisieren und Gäste zu empfangen, da sie andererseits mancherlei Mittel ausprobiert, die schließlich nur als Kniffe sich herausstellten, beschloß sie eines Tages, nur noch an Kleinigkeiten und Nebensächlichkeiten Interesse zu nehmen und das, was ihr bisher als das Höchste und Erstrebenswerteste gegolten, mit Leichtigkeit zu behandeln – mit einer Leichtigkeit, die erheuchelt war, in der sie aber ein Zeichen wirklicher Aristokratie sah.

Sie tat also ihr möglichstes, Bruggles Erfolge zu vervollständigen. Wenn man sie aber beglückwünschte, einen Musiker entdeckt zu haben, antwortete sie, seine Begabung interessiere sie viel weniger als seine Liebenswürdigkeit und die entzückenden Ungeschicklichkeiten seines Akzents. So schien also Arthurs Beliebtheit, die sie soviel Gänge gekostet hatte und soviel Intrigenbriefe – die sie übrigens niemals zugegeben hätte, lieber hätte sie sich zerstückeln lassen –, aus einer jener Launen zu entspringen, zu denen sie bisher nur die Oberrassigen für befähigt hielt.

So hatte sie sich auch seit einiger Zeit, wenn man Menschen oder Dinge aburteilte, einen spöttischen Ton zugelegt, eine dreiste und leichtfertige Art, die Menschen, die man ihr besonders anempfahl, interesselos abzuschätzen. Saß sie in einer Theatervorstellung, die sie selbst mit großer Mühe zustande gebracht, so nahm sie eine besonders gelangweilte Miene an. Ehrgeiz und Bemühungen verhüllte sie unter einem schier geistesabwesenden Gesichtsausdruck, der ihr durch rückwirkende Kraft nachträglich eine Art Geburtsadel verleihen sollte und durch den sie sich an denen rächte, die sie bisher nur als einfache und amüsante Gesellschafterin geduldet hatten.

Ihr letzter Trumpf aber war ein Schwall frivoler Beiwörter, mit denen sie sonst ihr Pekineser Schoßhündchen zu rufen pflegte und die sie mitunter plötzlich auf den in der Gesellschaft gerade am höchsten gefeierten und geehrten Mann anwandte. Sie verkehrte mit einem jeden, der für genial oder zum mindesten für talentvoll galt, so familiär und intim, daß man glauben mußte, diese Frau – die niemand liebte oder schätzte – stünde mit allen führenden Geistern ihrer Zeit auf du und du.

Diese rumänisch-skandinavische Dame, die niemals besagte Taktik außer acht ließ und die all ihre Perlenschnüre hingegeben hätte für einen einfachen Titel, den sie als Erbteil ihrer

Großmutter hätte bezeichnen können, schleppte also Arthur durch alle vornehmen Häuser, die er bisher nur aus Magazinen gekannt.
Freilich wurde er wütend, wenn er sein Lächeln auf Kosten seiner Musik loben hörte, und dachte daran, wie er sich in der Zeit der Pension des »Jardin des Plantes« jeden Abend wiederholt hatte: »Herr Arthur wird ein reicher junger Lebemann werden, aber Herr Arthur wird sich immer daran erinnern, daß er ein großer Künstler bleiben will.«
Dabei hatte die rumänisch-skandinavische Dame eine Art, ihre Versprechungen wie einen Schlüsselbund zu schütteln, so daß er sich immer wie ein Gefangener vorkam. Sie behielt ihn stets im Auge und ließ ihn nicht von ihrer Seite, als habe sie Angst, er könne verlorengehen.
Man ließ ihm kaum die Möglichkeit sich zu zerstreuen. Zwar hatte er versucht, sich mit dem ersten Tänzer anzufreunden, der durch die Leidenschaft eines alten Herzogs und einer dicken Peruanerin, die ihn sich gegenseitig streitig machten, in Arthurs Augen einen gewissen Nimbus bekommen hatte. Aber nach einigen Abenden auf dem Montmartre fand er ihn langweilig und ließ ihn fallen. Bruggle langweilte sich, und bei der ersten Gelegenheit entfloh er aus dem Haus der rumänisch-skandinavischen Dame – die er jetzt seine »Dompteuse« nannte – in die Akademie, die auch Pierre Dumont und Diana Blok als Zeichenschüler besuchten.
Bruggle hatte Pierre bemerkt, noch ehe Pierre ihn gesehen. Bruggle aber war völlig überzeugt davon, daß sein neuer Ruhm ihn zu einer gewissen Würde verpflichtete, und um nichts in der Welt mochte er den ersten Schritt tun. So verhielt er sich abwartend, wenn schon er am liebsten Pierre aus der Ferne hypnotisiert hätte, daß er zu ihm käme.

Kaum hatte Pierre Diana an ihrer Haustür verlassen, so lief er durch alle Cafés und Bars von Montparnasse und suchte unablässig, bis er endlich seinen Ateliernachbarn entdeckte. Er setzte sich dicht neben ihn und ließ seine Hand wie zufällig die Hand des anderen streifen. Dieser aber war glücklich, in jeder Bewegung Pierres ein ängstliches Geständnis zu spüren, und ließ sich endlich herbei, seinen eigenen Ruhm für einen Augenblick zu vergessen und alle Hemmungen des schüchternen Pierre zu überwinden.
Eine Stunde später ging Pierre in die Telephonzelle, zu Hause sein Abendessen abzusagen. Und kaum hatte er den Hörer angehängt, als mit einemmal scharfe Zähne in ein Ohr bissen und Finger, so frisch wie junge Pflanzen, einen Mund zuhielten, daß er nicht schrie, während ein Lachen als Antwort auf seinen so unterdrückten Schrecken ihm entgegenklang. Dann wurde es hell. Da stand Bruggle. Pierre wollte seinen Blick fliehen, aber schon fühlte er sich an den Handgelenken gefaßt und mußte sich dem Willen zweier Augen ergeben. Zweier Augen, die ihm wie die Augen eines Tieres schienen.
Warum las er schon wieder an der Wand die Buchstaben »Ratapoilopolis«?
Ratapoilopolis, der Wahnsinn.
Eine Wolke zog durch Bruggles Augen, der, ohne sich darüber klar zu sein, Angst hatte vor der Angst Pierres.
Langsam löste sich die Umklammerung der Finger. Hände preßten sich gegen Hände, Handflächen schmiegten sich in Handflächen. Pierre schauderte bis ins Mark. Er war nur noch ein Tropfen Bluts, der in das Blut eines anderen Lebens hinüberströmte.
Unfähig, wieder Herr über sein eigenes Fleisch zu werden, über seinen Körper, dessen Bewußtsein er verloren, über-

ließ er sich ganz und gar Bruggles Gesicht, das wie eine Hautmaske schon sein eigenes berührte.

Bruggles Gesicht, Hautmaske. So kühl war sie. Pierre sah nur noch ein Auge vor sich, und es war, als hörte er selbst langsam auf zu sein.

Selbstverständlich haßte Diana den Musiker. Aber aus ihrer natürlichen Eifersucht, die sie sofort empfand, als Pierre ihr am nächsten Morgen von seinem neuen Freund erzählte, wurde Mitleid. Und aus jener Zeit datierten die Küsse mit den etwas zu weit geöffneten Lippen,die wohleinstudierten Entgleisungen und Anspielungen auf sein Leben und seine Neigungen. Sie tat es nur, um sich auf ein gleiches Niveau mit ihm zu stellen, nur damit keine Gewissenshemmungen Pierre von ihr fernhielten und damit er sich selbst nicht geringer einschätzte als sie. Und um die Wahrheit ihrer Worte zu beweisen – verba volant, scripta manent, hatte sie als fleißige Studentin in ihrem ersten Juskolleg gelernt –, erzählte sie Pierre immer wieder von Reisen und Liebesfahrten, die sie gemacht.

Diana fand sich mit Bruggle ab, nur um Pierre nicht zu verlieren. Pierre weiß, wie groß ihre Entsagung ist, aber will sich seinen Egoismus doch nicht eingestehen. So geschieht es oft, daß er sich selbst für das Opfer hält und sagt, er leide unter Arthur und Diana, weil er Liebe von Freundschaft nicht trennen könne. Tatsächlich aber ist es so, daß er nur zu Diana geht, wenn Bruggle nichts von ihm wissen will. Pierre vermag es nicht mehr, sich von dem Verlangen nach Bruggle zu befreien, und an Abenden, da er ihn entbehren muß, versucht er, nachdem er mit Diana im Theater gewesen oder sich in der Einsamkeit gemartert hatte, sich die Entzückung, nach der er verdürstet und verhungert, durch die kläglichsten Hilfsmittel zu verschaffen. Und während sein ganzes Wesen in ein anderes hinzuschmelzen strebt durch die Übermacht der Sinne – nicht in das Wesen dessen, den er gerade berührt, sondern des anderen, des Wahren, des Abwesenden –, beginnt seine Seele jene Seele zu hassen, weil er glaubt, daß er sie nie erfassen wird und doch in ihr den zarten und fühlbaren Kern der Menschenfrucht ahnt. So befriedigt er sich an den niedrigsten Abenteuern und hat manchmal einen solchen Ekel davor, daß es ihm vorkommt, als sei es eine Strafe, die er seinem Fleisch freiwillig auferlegt. Wer es mit ansähe, bekäme von ihm nur den Eindruck eines kleinen, geilen Tieres: »Pierre is like a dog«, sagt Bruggle.

Pierre is like a dog, wiederholt er so oft. Für Arthur wird vermutlich die Liebe niemals die Heiterkeit und ästhetische Selbstsicherheit eines Spiels verlieren. Der junge Amerikaner liebt die äußere Aufmachung, liebt seidene Pyjamas und kokette Unterwäsche mehr als das, was Pierre – nicht ohne Stolz – die wesentlichen Probleme der Liebe nennt. Und sogar vor dem Wunsch, sich selbst zu erkennen, den er bei Pierre ahnt, schreckt Bruggle zurück und pflegt zu sagen:

»Du und Diana. Euer Hauptfehler ist, daß ihr zuviel in euch selbst herumsucht.«

Arthur ist glücklich, denn er weiß die Menschen und Dinge richtig zu nehmen. Fiele er ins Wasser, er würde ein Fisch werden. Seine Waffe ist die Koketterie, die oft seinem Gesicht eine verführerische Schönheit verleiht, und nichts als die Augen sieht man zunächst darin, deren einfältige Unschuld man bald über ihrem teuflischen meergrünen Leuchten vergißt.

Gewiß hat die rumänisch-skandinavische Dame, seine »Dompteuse«, recht, wenn sie seine Liebenswürdigkeit höher wertet als die Partitur seiner Ballettoper, die mehr der

Vorwand als der Grund seiner Berühmtheit wurde. Bruggle besitzt eine Kraft, die nichts mit Klugheit im alltäglichen Sinne zu tun hat. Sie kommt aus den Tiefen, übersteigt alle Mittel ihres eigenen bewußten Ausdrucks, und es wäre ebenso ungerecht wie unexakt, sie einfach Geschicklichkeit zu nennen; eine geheimnisvolle Energie strömt er aus, wie das Fell der Katze Elektrizität.

Wie eine Wildkatze sich schmiegend in seinem weiten Sakko, in seinen breiten Schuhen – die Franzosen, sagt er, lieben die Schuhe und nicht die Füße, die Kleider und nicht den Körper, darum zimmern sie ihre Gebäude aus Stoff und Leder allzu eng –, läßt er weniger daran denken, wie wohl berechnet seine schmiegsamen Bewegungen sind, als welche Instinkte diese Berechnung bestimmten. Und Pierre, wenn er ihn so gehen sah, kam oft der Gedanke, alle diese Möglichkeiten von Grausamkeit und Wildheit seien dem Tanze eines Panthers zu vergleichen.

Diana, die die Hunde den Katzen vorzieht, hätte eine instinktive Abneigung gegen Bruggle empfunden, auch wenn nicht jene Eifersucht bestünde. Sie hat tiefes Mitleid mit Pierre und wünscht vor allem, ihn vor den Geistern von Ratapoilopolis zu schützen, deren Meute Madame Dumont-Dufour gegen ihn losläßt. Darum verträgt sie es nicht, wenn Arthur in seiner Koketterie, die zu zart und anmaßend ist, um nicht gleichzeitig auch ein wenig keusch zu sein, Pierre deshalb verächtlich behandelt, nur weil ihn die namenlose Angst vor schlafloser Einsamkeit und Umnachtung zu Abenteuern treibt, die ihm mehr Gewissensbisse und Ekel als Vergnügen bereiten.

Sie leidet mit ihm, weil sie weiß, daß er niemals in den kühlen Armen einer Frau Ruhe und Befriedigung finden wird. Und wie um ihn zu entschuldigen, und zugleich auch, um sich

selbst die Rolle der Schwester, mit der sie sich bescheiden muß, zu erleichtern, sagt sie sich, daß er selbst am allerunglücklichsten über sein Leben sein müsse. Und so folgert sie weiter, daß Pierre, wenn er ihre eigene robuste Gesundheit besäße, kraft derer sie völlig unberührt die Erzählungen der Frau Blok vom Selbstmorde des Herrn Blok sich mit anhören kann, gewiß nicht in das Abenteuer sich verirren würde.
Abenteuer. Er weiß ja nicht, wohin er fliehen soll, wenn er sich windet unter dem Blick der Mutter, der unersättlich rachedürstenden, und ihr so ausgeliefert, beunruhigt und wortlos, auf seinem Stuhl gegenüber sitzt.
Die unersättlich rachedürstende Madame Dumont-Dufour.
Pierre ist todmüde.
Er fühlt in diesem grausamen Zweikampf alle seine Kräfte ausströmen.
Warum hat er nie gewagt, nie den Mut gehabt, ganz fortzugehen? Auf eigenen Füßen zu stehen? Sich selbst zu genügen? Aber er braucht eben die anderen. Und Arthur ist ja keine Zuflucht. Und hat er sich nicht in dieser Stunde wiederum hundertmal gesagt, daß er mit Diana auch nicht leben kann?
Wer also?
Niemand.
Sein Kopf schmerzt ihn. Es ist dunkel geworden. Madame Dumont-Dufour macht Licht und fragt in trockenem Ton:
»Nun und?«
Pierre antwortet nicht.
Man weist ihn darauf hin, daß er wahrlich Zeit gehabt habe, nachzudenken:
»Sprich.«
»Was denn?«

Zwei spitze Schultern ziehen sich hoch unter der schwarzen Seide:
»Wirst du sprechen?«
»Nichts habe ich dir zu sagen.«
»Nichts? Bist du dessen so sicher?«
»Ganz sicher.«
Ein spöttisches Gelächter hebt an. Madame Dumont-Dufour will die höchste Steigerung der Szene auskosten, sucht nach einem adäquaten Ausdruck für ihre Wut und schleudert schließlich das Wort heraus:
»Mißgeburt!«
Pierre: »Ich bin kein Prachtexemplar, gewiß nicht, aber durch wessen Schuld? Glaub mir wenn ich *dich* gemacht hätte, wärst du besser geraten.«
»Mißgeburt!« wiederholt Madame Dumont-Dufour. »Und zwar Mißgeburt nicht durch meine Schuld, sondern durch die Schuld deines Vaters, dieses Vaters, den du achtest, den du bewunderst, während du mich, die ich alles für dich getan habe, die ich mich für dich aufgeopfert habe ––«
Pierre weiß, was jetzt kommt. Immer das gleiche Lied. Dieser Schwarm von Gespenstern. Pierre kann ihn nicht länger ertragen.
Mag Madame Dumont-Dufour noch so geschickt und arglistig sein, er wird stark, wird brutal. Er umklammert zwei magere Handgelenke, seine Finger verspüren eine gewisse Freude, diesen Knochen weh zu tun, und ohne Heftigkeit, aber mit Bestimmtheit sagt er:
»Ich verbiete dir, von Ratapoilopolis und von Oberst Dumont zu sprechen.«
Ganz großer Lachausbruch. Madame Dumont-Dufour windet sich los, aber Pierre läßt ihr keine Zeit, neue Redewirkungen zu konstruieren.

»Schweig. Ich verbiete dir, zu klagen. Du hast kein Recht dazu, denn wenn dein Gatte nicht verrückt geworden wäre, so wüßtest du schließlich gar nicht, worüber du schwätzen solltest mit diesen alten Papiertüten wie Madame Blok zum Beispiel.«

Madame Blok eine alte Papiertüte? Wenn er doch wenigstens etwas höflicher sein wollte! Wenn er doch seiner Mutter und deren Freundinnen wenigstens etwas Achtung bezeigen würde.

Pierre weiß, daß Ratapoilopolis jetzt wieder an die Reihe kommt. Er steht auf:

»Auf Wiedersehen.«

»Bleibst du nicht zum Abendessen?«

»Nein. Ich verlasse das Haus.«

»Was?«

»Ich gehe fort!«

»Aber du hast keinen Groschen in der Tasche, keinen Pfifferling.«

»Bruggle hat für mich ein Bild an die Frau eines skandinavischen Diplomaten verkauft.«

»Oh, ich verstehe. Man will sein eigenes Leben leben. Dein Bruggle ––«

»Adieu.«

Die Tür knallt zu, ein Gepolter die Treppe hinunter, und Pierre steht auf der Straße.

Madame Dumont-Dufour zuckt mit den Achseln und drückt auf die Klingel, damit das Hausmädchen das Teegeschirr wegräumt.

Auf der Straße gilt Bruggle Pierres erster Gedanke, gelten Bruggle seine ersten Schritte, die ihn rasch in die Telephonzelle des nächsten Cafés führen. Am kühlen Metall der Telephonhörer ermißt er die Fieberglut seiner Finger. Seine Stimme verdunkelt sich, zittert und brennt wie die Lippen der Betenden. Doch so wie das den Göttern zugedachte Wort immer wieder traurig am irdischen Echo zerschellt, so saust, wie Pierre bittend den Namen des Amtes wiederholt und die Zahl, die ihn zum Ziel seiner Hoffnungen tragen soll, vor seinen Ohren immerfort noch das Heer der Drohungen: Ratapoilopolis.

Wird er allein nie den Schwarm der Gespenster mit den wächsernen Blicken und dem lippenlosen Lächeln zerstreuen können? Wohl versuchte er zu entfliehen, aber in einer Wohnung in Auteuil belauert ihn ja ein Marlbourough in Weibsröcken, störrisch geworden durch die Wechseljahre, durch Lust an häuslichem Zank und durch unersättliche Rachsucht. Jetzt eben sitzt Madame Dumont-Dufour in ihrem Speisezimmer kerzengerade im Lehnstuhl und löffelt hochmütig und hastig – eins, zwei, drei – ihre Suppe aus, gleichgültig wie der spartanische Krieger gegen sein Mahl. Denn wie eine Spartanerin hat die Tochter des Präsidenten Dufour, wenn sie ißt und trinkt, spricht und geht – wie auch damals, als sie sich noch jeden Sonnabendabend, gerade als sollte sie geschlachtet werden, dem Oberstgemahl ehelich hingab –, immer die Freude am gegenwärtigen Leben verleugnet, um irgendeinen Feind zu verfolgen, zu besiegen.

Verfolgen. Besiegen. Welche Lust! Rasch die Mahlzeit hinuntergeschlungen, die Hutnadeln geputzt, und kriegerisch

zieht man aus auf der Suche nach Verbündeten. Pierre weiß, jetzt wird sie Madame Blok umgarnen, jetzt Diana einfangen oder Vetter Bricoulet ausfragen, der ja ein ganz besonderer Spezialist und Liebhaber für Familienkatastrophen ist.
Darum verlangt Pierre so sehr nach Hilfe. Darum ruft er Bruggle, und aus dessen Gegenwart muß das Wunder erstehen, wenn anders es jemals erstehen soll. Rufnummer, Wort voll Magie, Sesam-öffne-dich des Glücks. Der Hauch, der die Zaubersilben trug, durchfuhr wie eine Flamme die Lippen, und müde und schwer, wie von Gewichten gezogen, fallen sie wieder aufeinander, kraftlos wie Blumenblätter, die die Sonne getötet hat.
Zu einem Aquarium der Angst wird die dunkle Holzzelle, noch nicht erwärmt von der geliebten Stimme, die süßer als ein Golfstrom in sie einschwingen soll. Gleich gierigen Quallen saugen sich die Hörer an seine Ohren. Nicht Nacht ist hinter dem Vorhang der Lider, sondern ein graurot schimmerndes Meer, und zitternd wartet der Schwimmer des Schweigens, welche Schicht der Fluten nach vorwärts, welche nach rückwärts strömen wird. Die blaue Welle der Hoffnung? Die rote Welle des Zorns? Meerblumen der Hoffnung und Algen des Zweifels stacheln und kitzeln seine Ungeduld so sehr, daß wohl auch ein Mann von Moses Kraft – »ja, von Moses Kraft«, sagt Pierre leise vor sich hin – um den Verstand gekommen wäre, hätte Sinais Donner auch so lange gerollt, bis die Wolke wie eine reife Frucht sich spaltete und Gottvater mit den Gesetzestafeln aus ihr trat.
Da – nun klingt die ersehnte Glocke, und Pierres Freude kennt keine Grenzen. Mit Inbrunst wiederholt er die Silben, die ihm helfen sollen zu erreichen, zu hören. Errei-

chen, hören, verbinden, verbunden sein! Sprechen und Antwort bekommen. Seine Worte werden Arthurs Worten begegnen, ihre Stimmen wie die Pole von Magneten sein. Auf den Drähten werden sie tanzen wie Gaukler mit gläsernen Herzen und leuchtenden Händen und werden sie immer höher tragen, sich in der höchsten Sphäre des Himmels in einer Sonne von Lust zu vereinen.

»Dein Bruggle«, hatte seine Mutter zu ihm gesagt, wie etwa: »Dein Abgott.« Sein Abgott? Nein, Bruggle ist sein Gott. Ein Gott, dessen Ding und nicht einmal Kreatur er ist. Wie ein obligatorisches Visum braucht er Bruggles Zustimmung zu allem, was er tut. Sich selbst erkennt er zum Ausgleich keinerlei Recht zu. So würde er es zum Beispiel niemals wagen, zu ihm zu gehen, ohne dazu aufgefordert zu sein.

Es ist, als freute es ihn, sich selbst herabzusetzen. Er macht sich nicht nur mit allen Menschen, sondern auch mit allen Dingen gemein, die ihn Bruggle näherbringen könnten. So sagt er dem Telephonfräulein die höflichsten Komplimente. Sie aber verstand das nur als Spott oder Übereifer. Er schien wie der seiner selbst nicht sichere Frömmler, der bei den heiligen und gepriesenen Vermittlern Hilfe sucht. Als Antwort kam ein kleines hartes Lachen. Zwei Tropfen Eis auf Fieberglut.

Seine weit offenen Augen suchten nach irgendeinem tröstenden Halt in der Dunkelheit der Zelle. Allmählich gewöhnten sie sich daran, und plötzlich entstand aus den Kritzeleien auf der schmutzigen Wand eine Zeichnung, durch die ein Gesicht hindurchschien. Das Gesicht Dianas, die ihm in der letzten Zeit so oft Ruhe gegeben,während er sie zum Dank dafür mit einem brutalen Wort fortgeschickt, ohne auch nur den Mut zur einfachsten Höflichkeit zu finden. Und er dachte, wie er in einem ganzen Jahr weniger

Rücksicht auf Diana genommen als auf das unliebenswürdige Telephonfräulein in fünf Minuten.
Diese Liebenswürdigkeit, nur um eine Telephonnummer schneller zu erlangen, scheint ihm dabei selbst verächtlich. Und so wie der Betende, von den himmlischen Fürsprechern nicht erhört, nun Gott anklagt, an den er sich nicht direkt zu wenden wagte, verlacht er auf einmal seinen ganzen Aberglauben und ist bereit, Bruggle zu verleugnen. Aber nichts als Angst folgt dieser Gotteslästerung auf dem Fuße, und sein Rachewunsch ist weit geringer als der feste Glaube, daß diese Sünde gegen Bruggle, wenn sie auch nur in Gedanken geschah, gestraft werden soll von der Hand des Wesens, dessen Gewicht zu schwer auf ihm lastet. Mit einer Folter ist seine Leidenschaft zu vergleichen: Der stumme Gott, den er noch eben zu den toten Göttern gewünscht, straft ihn mit jeder Minute des Schweigens.
Noch ist die Flut fern vom Ufer, ihn zu den Inseln des lautlosen Glücks zu tragen. Noch ist Pierre ein Gefangener, dem guten Willen einer Beamtin ausgeliefert. Und aus der Telephonzelle führen die Wege der Erinnerung, der durch Ungeduld tausendfach verschärften, in die Vergangenheit. Pierre entsinnt sich, wie oft er Scham empfunden hat: Scham über sein unregelmäßiges, ja unordentliches Gesicht, aus dem nur, wie er meinte, das Auge gleich dem regelmäßigen Signal eines Leuchtturms mit heller Klugheit herausstrahlte. Scham über seinen Körper, ja, Scham sogar über die Begierden, die er erweckte, über das Lob, das man ihm, spendete, zum Beispiel über das: »Du kleiner Spatz!« des Boxers. Scham über alle seine Regungen, ja sogar seine Liebe, die er fast nur zu brauchen scheint, um den Ekel mehr noch in seinem gegeißelten Fleisch triumphieren zu lassen. Scham über seine Gedanken, wohl das Beste an ihm,

Scham, weil er sich ihrer Überrumpelung nicht erwehren kann, weil der Wille, der sie verurteilt, machtlos bleibt und weil er sie, kaltblütig betrachtet, eben als das Beste anerkennen muß.

Wer sich so schämt, sagt er sich dabei, kann der noch aus sich selbst ein Gefühl von Stolz oder Achtung gewinnen? Nur der Vergleich des eigenen Lebens mit dem der anderen gestattet es, sich relativ richtig zu beurteilen und auch das nur mit Einschränkung, denn die einzelnen Wesensteile des Menschen ändern sich mimikrihaft bei jder Berührung mit dem andern. So wird immer bei einem Paar, das durch Freundschaft oder Liebe verbunden ist, der sich Begeisternde bewußt oder unbewußt versuchen, sich in den Augen des andern herabzusetzen. So unterschätzt sich Pierre, um Bruggle bewundern zu können. Dabei schließt er sich seltsam gegen alles ab, was ihn von Bruggle her bereichern könnte. Bruggle, der ihn beherrscht, hat ihn doch nicht erlöst. Er ist ein Gefangener seiner selbst, wo er geglaubt hat, alles geben zu können. Und es ist, als fehle ihm der Sinn, die Antenne, um zu verstehen, in welcher Sphäre Bruggle, »der kleine Wilde«, sein Glück und seine Würde sucht. Die egoistischste Frau kann sich selbst immer noch eher vergessen als der hingegebenste Mann. Pierre, der von seiner Demut überzeugt ist und der sich für Bruggle am liebsten wie ein Handschuh umgestülpt hätte, hat doch in Bruggle immer nur die Vollkommenheit eines gutgeratenen Pierre gesucht. Aber die gemeinsamen Züge bei Pierre und Bruggle scheinen nur dazu da zu sein, um alles, wodurch sie sich voneinander unterscheiden, schärfer hervorzuheben.

Diana, im Gegenteil, die niemals versucht hat, eine Ähnlichkeit zwischen sich und Pierre zu sehen, Diana ist nicht aus Berechnung, sondern spontan dem gleich geworden, den sie liebt. Ihr Bild drängt sich ihm so auf, daß es sogar aus der armseligen Zeichnung auf den Wänden der Telephonzelle ihm ersteht. Das vermehrt seine Gewissensbisse, und die Hände, die eben noch glühten, werden kalt wie das Metall. Um Dianas Bild sammeln sich im Kreise Bruchteile der Dinge und Menschen, die ihn je umgeben haben. Chaos der Erinnerungen. Pierre, der nie ordnen konnte, fühlt sein Schamgefühl wachsen. Er friert. Er hatte sein Herz, bei allen Vorübergehenden am Wege bettelnd, bekleiden wollen, aber nur Lumpen dafür erhalten. Und zittert nun vor Kälte unter den bunten Fetzen wie die Masken am Morgen nach dem Ball auf dem Heimweg, wenn es zu schneien beginnt.

Er wollte nachdenken, einordnen, aber seine Finger konnten nichts greifen, und die Weisheit war nicht in ihm. Der Oberst, Frau Dumont-Dufour, Diana, Bruggle und wie viele andere noch. Bei denen und nicht in sich selbst suchte er die Verheißungen von Freud und Leid und hörte nie auf, die Grenzen seiner Möglichkeiten anderen zuzuschieben. Wenn zum Beispiel seine Mutter ihm von ihrer Hochzeitsnacht erzählte bis in alle Einzelheiten – den Biß in die Schulter, und daß der Oberst sich nicht einmal die Zeit nahm, seine Stiefel auszuziehen, bevor er sie entjungferte –, so glaubt Pierre jedesmal, wenn seine Lippen ein Fleisch berühren, das seine Zähne anlockt, oder wenn seine Gier ihn noch halb angekleidet auf Arme, eine Brust, ein paar Hüften stürzen läßt, nach allzu schnell befriedigter Ekstase vor Angst vergehen zu müssen, daß einzig und allein Ratapoilopolis als Ziel ihm bestimmt sei.

Bruggles Stärke hingegen kommt daher, daß er in seinem Egoismus so urwüchsig ist wie eine Pflanze. »Ist man mit diesem Jungen zusammen, so glaubt man ein erfrischendes Bad zu nehmen«, sagte Pierre oft in der ersten Zeit ihrer Bekanntschaft. Warum mußte er später dieses Urteil vergessen? Warum blieb er es nicht zufrieden, einen Menschen getroffen zu haben, der zum Vogel werden kann, wenn ihn die Lust ankommt zu fliegen?

Die Opfer aber, die Pierre für Bruggle, die Diana für Pierre brachte, die freiwillige Selbstentäußerung, entsprangen nicht allein der Demut und der Anbetung, sondern auch einer Art Berechnung. Je ärmlicher der Bettler, desto reicher erscheint das Almosen. Und der, dessen Blick und Stimme immer bittet, wird sich eines Tages klar darüber, was ihn einzig veranlaßt, sein trauriges Schicksal zu ertragen, sogar zu wünschen, daß es nicht aufhöre: die hilflose Angst, auf immer verlassen zu werden.

Dies alles sieht Pierre vor sich, während er in der kleinen Telephonzelle mit den Füßen stampft und das Fräulein vom Amt ihn, als täte sie es absichtlich, immer länger warten läßt. Er sieht klar die Verzweiflung, in die ihn die Abhängigkeit von Bruggle treibt, über die er noch eben stolz und glücklich war. Die verlangte Verbindung kommt und kommt nicht. Er leidet darunter, daß die Nummer sich nicht melden will, und als ob diese verfluchte Langsamkeit nur von Bruggles Willen abhinge, wendet er sich wieder mit seiner ganzen Erregung über diesen gegen sich selbst und sagt sich, er sei eben nur ein armer Kerl, der wohl zu reden verstünde, aber nicht zu leben, der eben nicht zur Existenz berechtigt sei. »Zur Existenz berechtigt!« Als ob seine Mutter spräche. Durch den Wahnsinn des Vaters, durch den Haß der Mutter ist er ganz allein auf der Welt. Bruggle läßt sich nicht herbei zu antworten, obgleich Pierres Ruf aus einer beliebigen Telephonzelle so kläglich ist wie der Schrei von einem Schiff in höchster Seenot. Und um den Kummer seiner unfreiwilligen Wartezeit noch zu steigern, stellt er zum Schluß noch fest, daß Dianas Zärtlichkeit nicht mehr und nicht weniger wert ist als ein betäubendes Medikament, das man sich einspritzt, und daß ––

»Hallo«, brummt es am Ende der Leitung.

»Endlich! Hallo, ich bin es, Pierre.«

»Guten Tag.«

»Ich möchte dich gern sehen.«

»Warum?«

»Erstens, weil es mich freut, und dann möchte ich eine Menge Ratschläge von dir haben.«

Bruggle, am anderen Ende, scheint es nicht sehr eilig zu haben, eine Menge Ratschläge zu geben. Aber Pierre unterbricht rasch eine Tonleiter gleichgültiger »ouhs«:

»Ich habe mich mit meiner Mutter verkracht.«

»Ausgezeichnet! Da hast du gut daran getan.«

»Wie froh bin ich, daß du mir beistimmst, Arthur. Willst du mit mir zu Abend essen?«

Vom Glück, das in jeder Silbe dieses letzten Satzes floß, blieb bald nicht mehr übrig als von einer Welle, die an Klippen zerschellt. So kalt und hart war Bruggles Antwort.

»Mir dir essen? Unmöglich!«

Pierre fühlt sich wie bespritzt von häßlichem Gischt; es ist ihm, als seien seine Haare, seine Haut, seine Augen weiß geworden. Weiß wie seine Stimme:

»Arthur, kannst du wirklich nicht mit mir zu Abend essen?« Ist der flehende Ton in diesen Worten nicht rührend genug? Ein einziges Mal wird »Herr Arthur« doch von seinem System abweichen müssen.

»Unmöglich. Aber komm heute abend vorbei. Ich werde

einige Freunde bei mir haben. Zum Essen, wenn du nicht allein essen kannst oder willst, ruf doch Diana an --«

»Es ist gut, Arthur. Ich danke dir. Also bis nachher -«

Dann eine Pause, kaum so lang wie ein Atemzug. Pierre zögert und versucht es mit einer Lüge, einer überflüssigen Koketterie:

»Weißt du, Arthur, ich telephoniere dir aus der Zelle, wo wir zum erstenmal --«

Ein Frauenlachen, an dem Pierre erkennt, daß Bruggle den Hörer längst eingehängt hat, ohne auch nur »Auf Wiedersehen« gesagt zu haben. Aber er will Bruggle keine Vorhaltungen mehr machen, auch nicht in Gedanken. Schon hat er die Nummer des jungen Mädchens verlangt.

»Hallo. Ich bin es, Pierre. Bist du noch nicht bei Tisch?«

»Ich war gerade im Begriff.«

»Willst du nicht mit mir zu Abend essen?«

»Natürlich, gern. Wo? Ich komme gleich.«

Eine Viertelstunde später stehen Pierre und Diana, jedes aus seiner Richtung kommend, vor der Tür des Restaurants.

»Guten Tag, Diana.«

»Guten Tag, Pierre. Du siehst ja ganz komisch aus. Unglücklich?«

Pierre nimmt ohne zu antworten Dianas Arm und drückt ihn, diesmal ohne sich zu verstellen. Sie treten ein und setzen sich. Diana glücklich und belustigt, »gnädige Frau« genannt zu werden, Pierre etwas schwach vor Hunger und Hitze.

Er sieht Diana an, aber sehr bald sieht er sie nicht mehr. In der Telephonzelle genügte eine Kritzelei an der Wand, damit sie ihm gegenwärtig war. In dem Augenblick war sie, obschon abwesend, Zeugin von Pierres fieberhaftem Warten und von Bruggles Gleichgültigkeit. Jetzt aber, da mit

Bruggle alles in Ordnung ist und er sicher ist, bald bei ihm zu sein, und nicht mehr leidet, senkt sich ein Nebel zwischen ihn und Diana, aus dem, er weiß es genau, sich wieder von neuem ein Bruggle bilden wird.
Diana, Bruggle, Diana, Bruggle, die Silben verschmelzen, und ebenso die, die sie bezeichnen. Der Duft der Speisen ruft ihn nicht mehr in das Restaurant zurück, alle Dinge um ihn, Tische, Stühle, Tischtücher, Gabeln, Löffel, Messer und selbst Diana, verschwimmen ineinander, verflüchtigen sich in ihre Bestandteile. Die Wände sind zurückgewichen. Pierres Augen sehen ein Schauspiel ohne Gegenstand vor sich. Schon einmal des Nachts ist er diesen Weg gegangen, den Weg des Schlafs bis zu einem Punkt, den kein Wort bezeichnen kann.
Er war allein. Es war Leere in ihm. Das Abenteuer hatte begonnen, als aus dem erstarrten Brustkorb die Lungen, Vögel aus Rubinen und Filz, entflogen waren. In den Himmel geflogen, zarter als die Engel, die doch, wie jeder weiß, Geschöpfe ohne Knochen sind. Und die Brust, stolz wie der Bug eines zum erstenmal in See stechenden Schiffes, freute sich, als hätte sie endlich ihre etwas törichte Jungfernschaft verloren. Aber drüben auf dem Weg Soldaten, die dem unbewohnten Brustkorb begegneten. Sie hoben die Augen zum Himmel und gewahrten einen roten Fleck in der Sonne. Da begannen sie schwerfällig ein Lied zu singen, während ihre Füße den Takt dazu angaben?

O Jungfernschaft, o Jungfernschaft,
Du Vöglein voller Bangen,
Entflohst aus deines Käfigs Haft,
Da fünfzehn Jahr vergangen.

Lungen, Jungfernschaft, blutendes Vöglein, Vöglein voll Bangen. Der Käfig ist leer, der Käfig ist allein. Was er eingeschlossen hielt, ist zu den Sternen gestiegen. Aber schon kommt es verwandelt wieder herunter, ist ein Gesicht geworden mit geschlossenen Augen, mit vollkommenen Zügen, mit Wangen, von denen man auf den ersten Blick errät, daß sie weicher als Wachs sind, wenn Hände oder Lippen sie liebkosen. Und aus diesen Augenlidern, die sich so vollendet zusammenschließen, daß man sie für ein und dieselbe Muschel hält – welcher unsichtbare Biß läßt aus ihnen mit einem Ruck den Augenkern herausspringen? Zwischen den Schatten der Schläfen, der Nüstern und des Kinns blüht plötzlich ein Blick auf. Ein Blick aus zwei ungleichen Augen, obgleich eines und das andere lebendig sind. Und die Gesichtszüge darum haben sich jetzt vollends verwischt. In der Einsamkeit, in der Leere bleiben nur noch zwei Augen zurück: das Auge Bruggles, das Auge Dianas.

Dianas Auge klar und traurig durch das Wissen um seine Grenzen, Bruggles Auge, das schönste menschliche Auge, das Pierre jemals gesehen hat. Menschliches Auge und tierisches Auge zugleich, das die Liebe nicht zähmen kann. Bruggle, der kleine Wilde! Sein Auge riecht nach Wald, nach trocknem Holz, nach Regen. Ein Tropfen seines Blickes ist tiefer als alle Ozeane der Welt übereinander. Bruggles Auge, tierisches Auge. Er hatte recht, über die skandinavische Gesandtin, »seine Dompteuse«, wie er sagt, zu lachen. Sie mag sich mit den Männern auskennen, nun aber hat sie jemanden gefunden, der nicht zu bändigen ist. Bruggle, kleiner Wilder, mit seinem freien Blick. Dianas Auge klar und traurig durch das Wissen um seine Grenzen.

Diese beiden Augen, zwei feindliche Brüder, nähern sich einander. Pierre glaubt zuerst an einen Kampf. Aber schon berühren sie einander, ihre Wimpern schrecken nicht zurück, und ohne die mindeste Feindseligkeit sieht Pierre Bruggles Auge durchschimmern durch das Auge Dianas. Dann ist nichts mehr da in der Einsamkeit, in der Leere.
Eine sanfte Lava überschwemmt alle Dinge. Pierre begreift, daß der Tod der Punkt ist im Raume und in der Zeit, in dem, um einander zu vernichten, sich alle Blicke begegnen. Die Blicke der Lebewesen, der Dinge, der Minuten, der Orte, der Gebärden, der Gewissensbisse, der Freuden, der Hoffnungen, der Erregungen, der Schreie, der Tränen, des Lachens. Und es bleibt nur noch ein Loch, weißer im Weißen, schwärzer im Schwarzen.
Große Augen, so weit geöffnet, daß sie leer scheinen. Bruggle ist niemals schöner, als wenn seine Augenhöhlen in irgendeinem Nebel verloren leer werden, so leer, daß es kaum glaubhaft ist, wie so geheimnisvolle Höhlen in einem Menschengesicht Platz finden können.
Wie wird Pierre heute abend den Mut finden, wieder zu den Lebendigen zurückzukehren. Er ißt, ohne mit seiner Gefährtin ein Wort zu sprechen, und mit schattenhaft leichten Bewegungen reicht er ihr die Speisen, das Salz und den Wein.
Unter dem Tischtuch faltet er die Hände.
Vielleicht um Verzeihung zu erbitten, daß er alle Freuden, mit denen die Freundin ihn überhäufen will, nicht zu schätzen vermag. Freuden der Seele. Pierre grinst. Er glaubt nicht mehr an ihre Möglichkeit. Er glaubt nur an sein nie zu befriedigendes Gelüst nach Bruggle. Und täglich wächst seine Bewunderung für diesen Körper, der wie ein junger Baum ist, hart und schmiegsam zugleich, stark und zart.

Gelüst, Gelüst und wiederum Gelüst ist die aufmerksame Sehnsucht, mit der er den Schlaf des anderen bewacht, eine Hand auf Bruggles Brust, und mit der er, sobald die Dämmerung durch die Vorhänge scheint, die beiden Dreiecke betrachtet, die leicht gewölbt sind und süßer als Früchte: die Augenlider, noch bläulich gefärbt vom Sinnengenuß wie die Pflaumen von der Sonne. Mit der Vorsicht eines Diebes streifen die Lippen des Wachenden darüber und schrecken ängstlich zurück, sobald sie die Wimpern berühren, die Gitter über den Geheimnissen der Seele.
Aus welchem Holz ist diese Stirn geschnitzt, die sich so entschlossen aus dem weichen Dämmer des Morgens abhebt? Holz oder Marmor? Pierres eigener Schädel scheint ihm ein trauriges Gerippe daneben und seine Haare ein elendes Strohdach. Bruggles Kopf aber in grausamer Unschuld ist wie ein Tempel der Jugend und Schönheit. Bruggle kann nicht zu denen gehören, die ihren Abend erwarten werden, den langsam heranschleichenden. Er wird nicht sterben, sondern in einer übermütigen Lichtwelle verschwinden, wie eine Regenwolke am glühenden Mittagshimmel, die die Verheißung der Kühle nicht gehalten hat.
Noch aber glaubt Pierre an diese Kühlung. Noch glaubt er zu sehr an Bruggle, den kleinen Wilden, um heute abend in dem Gedanken an ihn traurig zu sein. Er ist nicht aus Langeweile so stumm. Das Essen mit Diana ist für ihn nichts als ein Übergang. Es ist die Brücke von Frau Dumont-Dufour zu Bruggle, von der durch Trauer verfälschten Kindheit zur wahren Jugend, von elenden Gewissensqualen zu reifen Freuden. Jetzt sollen die alten Wahngespenster für immer verscheucht werden. Die übermütige Unschuld der Stunden wird von nun an alles wie eine Sonne vergolden.
Diana, die ihm bei Tisch gegenübersitzt, die sanfte Gefähr-

tin, die Schwester des Dunkels, schweigend entfernt er sich von ihr. Denn er hofft, daß Bruggle, sein Bruder des Lichtes, ihn retten wird. Von ihm wird Pierre die Kraft nehmen, keinen Menschen mehr zu brauchen. Schon heute abend, da Bruggle ihn eingeladen hat – vergaß er denn, daß es nur aus Mitleid geschah? –, wird die Herrschaft der Freuden beginnen.

Diana, die Pierre unausgesetzt beobachtete, staunt über sein frohes Lächeln, ist fast erschrocken und betrübt darüber. Wie eine Mutter, die ihr Kind plötzlich geheilt sieht, ohne vorher ein Anzeichen dafür wahrgenommen zu haben, so fürchtet Diana, anstatt sich zu freuen, Pierre, der ihrer jetzt nicht mehr bedarf, könne aufhören sie zu lieben; könne seine dankbare Schwermut verlieren, die, wie sie glaubt, eines Tages die Freundschaft in Liebe hätte verwandeln können.

Diana, die Ellenbogen auf den Tisch gestützt und das Kinn in den Kelch ihrer Hände, weiß, daß der Frage ihres Schweigens nicht geantwortet werden wird.

Ihr gegenüber der junge Bursche entfernt sich mit jedem Gedanken so sicher wie mit einem Ruderschlag von ihr. Sein trauriges Gesicht, das sie um der flehenden Versprechungen willen liebte, dies Gesicht, das um Hilfe bat, die sie mit solchem Glück gewährte, ist wie abwesend. Versuchte sie zu sprechen, Pierre würde gewiß nicht hören. Und da sie glaubt, sie könne nie mehr etwas für ihn tun, sucht sie nicht einmal nach Worten, das Schweigen zu brechen.

Von Frau Blok, die ganz verstört nach Hause gekommen war und sich Vorwürfe machte, durch ihre Frage: »Ist er anormal?« das Unglück verschuldet zu haben, weiß Diana, daß es zwischen Mutter und Sohn zu einer Szene gekommen sein muß. Da sie alle Varianten der Verfolgungskunst Frau

Dumont-Dufours kannte, wußte sie, als sie Pierres Stimme am Telephon hörte, sofort, daß er litt und daß ihre Gegenwart ihm wohltun würde. Nun ist das Essen gleich vorüber, und Pierre hat, sie wiederholt es sich immer wieder, nur den Mund aufgetan, um ihr »Guten Tag« zu sagen. Er schweigt sich aus, und fast muß sie glauben, er habe sie nur eingeladen, um ihr den Anblick seiner neuen Freiheit zu geben. Auch an anderen Abenden klagte er nicht mit Worten, aber er pflegte dann Dianas Hände zu nehmen und sich wie einen Umschlag auf seine heiße Stirn zu legen. Heute, wo man sie um nichts bittet, bedauert sie die Heilung des Kranken und schämt sich zugleich dessen, denn sie glaubt jetzt fast, daß sie Pierres Qualen weniger aus Mitleid gelindert hatte als aus Freude an den gemeinsam verbrachten Stunden.

Die Hände, weiße Schwalben, deren Nester zwei schmerzende Schläfen sind, dürfen nicht zittern, dürfen nicht heiß sein. Vor dem Spiegel hat Diana studiert, wie sie ihr Gesicht verziehen muß, daß es so aussieht, als lächle sie. Es tat ihr weh. Es war, als habe sie die Lippen mit Sicherheitsnadeln hochgesteckt. Sie hoffte Pierre damit täuschen zu können. Aber an den Tagen, wo dieser sich ganz von ihr zurückzog und kein freundliches Wort für sie hatte, wie rasch ließ sie da, wenn er sie verlassen, die Maske fallen; von dem Lächeln, das sie stundenlang erzwungen hatte, bleiben nur zwei kleine Falten zurück. Zwei kleine Falten zeigte ihr das Spiegelbild, und sie dachte daran, wie Pierre ihr beim Abschied gesagt hatte, er verbringe den Abend mit Bruggle. Und sie dachte, obgleich sie sich vorgenommen hatte, nicht eifersüchtig zu sein, daß sie selbst nicht wisse, was sie nach dem Abendbrot tun solle. Und wenn sie dann in ihrem Bett nicht einschlafen konnte, weil sie sich bei dem Gedanken an ein anderes Bett schämte, ein Bett, in dem Bruggles Kopf neben Pierres Kopf lag, weil sie sich schämte, zu denken, wie unter der Bettdecke zwei Körper die Fortsetzung dieser beiden Köpfe bildeten, von denen sie den einen haßte, den anderen glühend liebte, dann preßte Diana die Nägel in ihre Hände, damit der Schmerz sie aus ihren vergifteten Träumen reiße, und sie zwang sich, die Fehler der anderen zu vergessen und nur deren Leiden zu beklagen.

Das war die Erinnerung an einen Schwur, den sie sich selbst an jenem Abend geschworen, als ihre Mutter, in elfenbeinfarbenem Satin, schreckensbleich geschrien hatte: »Dein Vater ist tot, mein Kind, er hat sich erhängt.« Sie hatte den Mann auf dem Diwan liegen sehen in großkarierter Hose, Hemdärmeln und mit heraushängender Zunge. Die Gäste, schwarzbefrackt, umdrängten wie Raben die große, steife Puppe. Als man sie, Diana, zu Bett gebracht hatte und sie mit geschlossenen Augen dalag, ohne schlafen zu können, faltete sie die Hände auf der Brust, zwang die Tränen, die ihr in die Augen stiegen, hinunter, und ein Kind, das an die Kraft seiner Gebete glaubt, versprach die Zwölfjährige ihrem Christusbild, immer zu den Unglücklichen zu gehen, so wie die Frau aus der Bibel, die mit ihrem Haar die Füße des Heilands getrocknet hat. Und später, als ihr das Christusbild nur noch ein Abbild ihrer eigenen Kindheit war, selbst in den Stunden, wo Frau Blok mit ihrem ewigen Kehrreim: »Selbstmord ist wie rotes Haar« fast das Verlangen nach dem Tod in ihr erregte, selbst wenn sie sich manchmal leise einflüsterte, die Revolver seien nicht für die Hunde da, und es habe sein Gutes, im fünften Stock zu wohnen, selbst dann blieb im Hintergrund immer noch der Schwur jenes Abends, da sie zum erstenmal den Tod gesehen hatte. Und so hatte damals die um drei Jahre ältere beschlossen, dem Jungen zu helfen, der ihr so besonders der Hilfe bedürftig schien.

Jetzt spürte Diana während des Abendessens an der Röte, die die sonst so blassen Wangen Pierres färbte, an seinem Schweigen und sogar an seinem Appetit, daß irgendeine Kraft in ihm lebendig wurde, die ihm selbst wahrscheinlich noch gar nicht zum Bewußtsein gekommen war. Diese Kraft richtete sich gegen sie – unerbittlich –, das fühlte sie.

Sie denkt daran, wie sie hatte lachen müssen, als Frau Blok ihr die Ankunft Pierres während des Gespräches der Mutter pathetisch schilderte: »Er trat ein wie ein Blitzstrahl, mit böser und entschlossener Miene.« Armer Pierrot, klang das Echo in Diana. Mit böser und entschlossener Miene konnte sie ihn sich nicht vorstellen. Aber jetzt weiß sie, daß ihre Mutter recht hatte mit dem, was sie sagen wollte. So sieht sie ihn jetzt auch auf einmal: gefühllos, böse, wild. Zum erstenmal stellt sie fest, daß seine Kinnladen schwer sind und daß auch sein Blick, wenn er sich in irgendwelche Nebel verliert, von gleicher Härte ist. Sie könnte leicht Angst vor ihm haben.

Sie denkt, wie nun Pierre gleich nach dem Essen aufstehen wird und fortgehen. Schon ist er ihr ganz fremd geworden. Morgen wird Diana allein sein. Sie wird nicht den Mut haben, ins Atelier zu gehen, in die Zeichenstunde; sie wird den ganzen Nachmittag zu Hause sitzen und Madame Blok beim Stricken zusehen und wird nichts von all dem verstehen. Sie wird nicht einmal nach einem sentimentalen Ersatz suchen. Wenn sie Pierre verloren hat, wird sie niemals versuchen, ihn in einem andern wiederzufinden. Wenn sie so weit kommt, ihn zu vergessen, wird sie eine Frau mit leerem Herzen sein. Wird gleichgültig gegen alle und alles weiterleben, als einzigen Trost nur ganz von fern die Hoffnung auf eine Rückkehr, die langsam verlöschen wird.

In diesem Augenblick aber will sie noch ihre letzten Möglichkeiten ausnützen. Sie wirft sich ihre trübe Laune vor und gelobt sich, gegen den unsichtbaren Strom der Trauer anzukämpfen, der sie von dem geliebten Wesen fortträgt. Warum an die Hoffnung auf Rückkehr denken, wenn es vielleicht noch bei ihr steht, die Trennung zu verhindern oder Pierre auf seinem Wege einzuholen. Sie will sich an Worte klammern, aus der Flut ihrer Gedanken die erfassen, die ihr als Rettungsboje dienen können, und da ihr Schweigen und Pierres Schweigen sie auseinandertreiben, uferlos ins Weite, sucht sie Hilfe in Worten:
»Pierre, was wollen wir nach dem Abendessen tun?«
»Wollen wir zu Bruggle gehen?«
»Zu Bruggle?«
»Ja.«
»Warum?«
»Ich sollte eigentlich mit ihm zusammen essen. Im letzten Augenblick mußte er mir absagen; aber er möchte, daß ich abends bei ihm vorbeikomme.«
»Du solltest eigentlich mit Bruggle zu Abend essen –?«
»Ja.«
»Schlimm genug.«
»Wieso? Du bist ungerecht, Diana. Sieh doch, wie liebenswürdig Bruggle ist. Er hat mich extra gebeten, dir zuzureden, daß du mitkommst.«
Schweigen. Pierre, puterrot, sucht nach Gründen.
»Verstehst du, ich muß unbedingt heute abend zu Bruggle gehen. Wo soll ich die Nacht bleiben, wenn ich nicht bei Bruggle schlafe, denn ich bin mit meiner Mutter verkracht, weißt du?«
»Ich dachte es mir, Pierre.«
»Hat deine Mutter es dir erzählt?«

Diana nickt »ja« und sieht Pierre an. Über ihr Gesicht huscht ein rührender Schimmer der Kindheit. Schon ist sie bereit zu vergessen, wie sehr während des ganzen Essens die schlechte Laune und Stummheit ihres jungen Freundes sie gequält hat. Als Schuld und Schwäche wirft sie es sich vor, daß sie sich feige von soviel Ängsten hat hinreißen lassen. Sich selbst hat sie bemitleidet, während der arme Pierre gewiß unter dem schmerzlichen Eindruck der mütterlichen Drohungen litt. Was wird der Ärmste noch erdulden müssen, ehe er dieser Höhle entrinnt, in der der Wahnsinn des Vaters und der Haß der Mutter nisten? Diana weiß genau, wie wenig er für diesen Kampf gerüstet ist.
»Armer, kleiner Pierrot.«
»Ich bin nicht zu bemitleiden, Diana.«
»Höre, wenn du irgend etwas brauchst ––«
»Ich brauche nichts.«
»Hast du wenigstens ein bißchen Geld?«
»Welche Frage? Du sprichst genau wie meine Mutter. Ihr Frauen seid euch alle gleich, ihr verliert euch in Kleinigkeiten. Geldfragen, etwas anderes gibt es nicht für euch. Wisse, mein Kind, daß Bruggle es mir an nichts fehlen lassen wird. Er hat schon ein Bild für mich verkauft. Hier in dieser Tasche habe ich tausend Franken.«
»Was sind denn tausend Franken?«
»Aber ich wiederhole es dir doch, Bruggle wird es mir an nichts fehlen lassen.«
»Ich auch nicht, Pierrot.«
Pierre zwischen den Zähnen: »Ich bin kein Zuhälter.«
Diana glaubt schlecht zu hören: »Was sagst du da?«
»Nichts.«
Erneutes Schweigen. Da sie kein Wort der Entgegnung findet und Pierre nicht der Bosheit oder auch nur der schlech-

ten Laune beschuldigen will, beschließt sie, daß nur ihre eigene Ungeschicklichkeit an allem schuld sei.
Wenn auch noch kein Wort gefallen war, ihre Freundschaft zu zerstören, so fühlte sie doch mit jeder Minute die unausgesprochenen Drohungen immer deutlicher werden. Sie versucht, Pierres feindselige Stimmung zu entschuldigen, an der sie nicht mehr zweifeln kann, und vergleicht sich mit dem Arzt, der für einen allzu geliebten Kranken kein Heilmittel weiß, während er jedem anderen mit Leichtigkeit helfen könnte.
Als Pierre erklärte: »Ich muß bei Bruggle schlafen«, hätte sie am liebsten erwidert: »Wie unrecht und gemein«, was sie sich bei kaltblütiger Überlegung, wenn es sich nicht um Pierre handeln würde, wohl als natürlichen Widerwillen erklärt hätte. Und wenn er sich rühmte, er habe tausend Franken in der Tasche, um immer wieder mit zum mindesten überflüssigen Nachdruck behauptete, Bruggle ließe es ihm an nichts fehlen, mußte sie an sich halten, um nicht zu konstatieren, daß *»Ich muß bei Bruggle schlafen«* nichts anderes heißen kann als »Ich will mit Bruggle schlafen«.
Und weil er – bewußt oder unbewußt – diese ihre Gedanken erriet, übertrieb er so lange, bis er fühlte: Nun weiß Diana, woran sie sich zu halten hat. Und wenn es Diana doppelt kränkt, daß er noch das Pünktchen aufs i setzen muß, so ist es nicht, weil sie heute eifersüchtiger wäre als gestern, sondern weil seine allzu deutliche Umschreibung ihr seinen so entschiedenen Willen verrät, daß sie im tiefsten Innern davon getroffen wird. Pierres böse Absicht kann sie sich nicht mehr verhehlen. Trotzdem aber sucht sie nach Mitteln, um den Verdacht mechanisch abzulenken und eine Szene zu vermeiden. Sie entsinnt sich, wie in Kinderbüchern empfohlen wird, einen Schluck Wasser zu trinken,

bevor man zu schimpfen anfängt. Und weil sie schon die Vorwürfe auf ihren Lippen spürt, zündet sie eine Zigarette an und verbietet sich, das mindeste gegen Pierre zu sagen oder auch nur zu denken, bis sie ihre Zigarette zu Ende geraucht hat.

Und wiederum wird ihre gute Absicht mißdeutet. Weil sie stark genug ist, sich Schweigen aufzuerlegen und die kleinen Muskeln anzuspannen, die Nase, Augen und Mund beleben und verhindern, daß das Gesicht der Trauer nachgibt, fühlt Pierre sich enttäuscht – vielleicht hatte er es nur auf die Verzweiflung seiner Gefährtin abgesehen, um seinerseits Mitleid mit ihr haben zu können –, und ihre Teilnahmslosigkeit empört ihn. Das junge Mädchen, das vor ihm, ganz nahe, seine Zigarette raucht, hat wenig Ähnlichkeit mit der, die er heute abend erwartet hatte. Das Schweigen, das sie dem seinen entgegensetzt, scheint weniger Schmerz auszudrücken als Trotz und Enttäuschung; er ist nahe daran zu glauben, daß sie sich ihm mit fast bösartiger Koketterie aufdrängen will, um ihn um so sicherer von Bruggle zu trennen.

Denn, so überlegt er, eine Frau kann Neugierde oder Sympathie, ja sogar aus einem gewissen Snobismus heraus Bewunderung heucheln, aber trotzdem wird sie es nie verhindern hönnen, daß ihr geheimster Stolz Qualen leidet, wenn sie mit ansehen muß, wie aus der Freundschaft zwischen zwei Männern eine Liebe wird, die nach der Behauptung von Unwissenden oder Heuchlern nur zwischen Wesen zweierlei Geschlechts möglich ist. Trotz all ihres Mitleids möchte Diana meine Liebe zu Bruggle verachten können, aber weil dieses Gefühl, das sie von Natur unmöglich oder lächerlich gefunden hätte, ihr Achtung einflößt, genügt ihr heute nicht mehr die friedliche Bahn der Freundschaft, die sie mit mir gehen wollte, ja sie liebt mich viel

weniger, als sie Bruggle haßt, und sie wird es ihm nie verzeihen, daß er mir das Reich der Liebe gezeigt hat.
Kann denn überhaupt eine Frau anders denken oder handeln? So hat ja auch Arthurs »Dompteuse«, die rumänisch-skandinavische Gräfin, niemals Anstoß an den Gesten genommen, die ihrer Ansicht nach unsere Gelüste ausdrückten; sie sprach sogar mit einem gewissen Vergnügen davon (was Arthur übrigens immer anwiderte), geriet aber jedesmal außer sich vor Wut, wenn sie spürte, daß es sich nicht nur um sexuelle Dinge unter uns handelte. Wenn ich mit Strichjungen schliefe, so wäre ich für diese rumänisch-skandinavische Dame, die sich für die Freiheit des Geistes einsetzt, der scharmanteste aller jungen Leute. Sie würde es für interessant und originell halten. Aber daß ich an dem seltsamsten Gesellen leide, besessen und unfähig, Heilung von ihm zu finden, das begreift sie nie und nimmer.
So lange die Menschen Laster vermuten, so lange sie auf ein ergötzliches Spektakel hoffen oder zum mindesten auf eine Pantomime, die sie mit Wonne ebenso sündig und ebenso seltsam finden wie die Orchideen Oscar Wildes, zeigen sie respektvolles Interesse. Wo aber jemand unter einem Schmerz leidet ohne jede pikante Beigabe, ohne soziale Ächtung oder Gefängnis oder die Zierereien eines widerlichen Ästhetentums, wo jemand wortlos leidet, stumm sich quält, da verzeihen die, die auf pikante Anekdoten und Skandalgeschichten gehofft hatten, der Leidenschaft nicht ihren allzu natürlichen Schmerz. Die Tatsache, daß ich mit Arthur schlafe, würde Diana eigentlich nur amüsieren. Heute abend aber zürnt sie mir, weil sie spürt, daß während des ganzen Abendessens meine Gedanken bei ihm waren.
Eine physische Vereinigung zwischen Bruggle und mir würde Diana dulden, wenn sie sie auch schmutzig und

lasterhaft fände. Da aber zwischen ihr und mir, wie sie mir hundertmal wiederholt hat, nur von einfacher Freundschaft die Rede sein kann, wird sie nie ertragen, daß ich Arthur wirklich liebe und er mich. Dabei spielt Diana nur die Komödie des Verzichts, in Wahrheit aber sucht und erfindet sie nichts als Verführungskünste, mich Arthur vergessen zu lassen. Unter dem Vorwand, mich heilen zu wollen, züchtet sie das, was sie meine Schwäche nennt und was ihr so gut zur Bestätigung ihrer sogenannten Stärke dient.

Diana ist nicht wirklich stark, denn sie lebt nur als eine Funktion von mir. Selbst das Gute, das sie mir antun will, hat seinen Ursprung in mir und nicht in ihr; denn wenn sie mich nicht getroffen hätte, so wäre es wohl nie zum Ausdruck gekommen.

Bruggle aber liebe ich, weil er da ist. Das Wesentliche an ihm bleibt mir verschlossen wie der Kern einer Frucht. Wenn ich ihm gehorche und mich jeder seiner Launen füge, so weiß er wohl, daß er mich zerschmettern könnte, ohne daß ich ihm das Geheimnis meiner Seele preisgeben würde. Wir schlagen mit Fäusten aufeinander und tun uns weh. Nichts als Kampf ist zwischen uns. Wir zerreißen einander, unsere Lippen bluten, unsere Kinnladen sind zerbrochen, aber nicht ein einziger Zahn in seinem Fleisch ist verletzt worden. Er quält mich, er geißelt mich mit der Härte und Verschlossenheit seines Gemüts, und je mehr wir uns lieben, um so feindlicher werden wir uns, aber keiner von beiden wünscht, daß der andere sich ihm unterwerfe. Man muß eine Frau sein, um, wie Omphale, Herkules spinnen zu lassen und sich dieses Schauspiels erfreuen zu können.

Bruggle. Aus den Tagen voller Kränkungen, aus den Nächten voll Angriff und Kampf, die ich ihm verdanke, habe ich meine Freiheit kennengelernt. Hätte ich Diana geliebt –

wäre Arthur mir nie begegnet, vielleicht hätte ich es mir eingebildet und sie geheiratet –, das Leben wäre flach geblieben und nicht einmal so glücklich wie das Leben, das ihr zum Beispiel irgendein wohlerzogener Bursche bieten kann, ein Ingenieur oder Chemiker von der Art Cloupignons, mit dem der Vetter Bricoulet sie ja auch verheiraten wollte.
Ja richtig. Eigentlich könnte ich einmal über Cloupignon mit ihr sprechen! Das wird einerseits ihrer Eigenliebe schmeicheln, andererseits kann sie, da sie sich ja selbst zu den Machenschaften für dieses Heiratsprojekt hergegeben hat, mir Bruggle dann nicht mehr mit großen Augen vorwerfen. Also:
»Diana, sag einmal, hast du eigentlich deinen Chemiker wiedergesehen? Wie steht denn die Sache mit ihm?«
Diana löscht ihre Zigarette aus.
Jetzt glaubt sie, Pierre sei eifersüchtig. Wie käme er sonst dazu, nach dem Chemiker zu fragen. Also liegt ihm doch etwas an ihr, und es war nicht so schlimm mit seiner Gleichgültigkeit, wie sie fürchtete. Pierre soll nur immer wieder fragen. Sie lächelt verschmitzt. Der Ärger, der aus seinen Worten und Mienen spricht, der Ärger über ihren vermeintlichen Stolz, sich möglicherweise verheiraten zu können, macht sie doppelt glücklich.
Nun ist endlich die Maske gefallen, und sie hat den wiedergefunden, den sie liebt, so wie sie ihn liebt. So braucht sie nicht mehr zu fürchten, daß die Wellen des Schweigens sie vollends auseinandertreiben. Endlich hat er sich an etwas verankert und wird sich nicht mehr verlieren. Wenn Cloupignon nicht bestünde, man hätte ihn erfinden müssen.
Auf einmal wird alles, was Diana eben noch als Beweis gegen Pierre diente, zum Beweis für seine Neigung. Wie närrisch war sie doch, jedes Wort tragisch zu nehmen, hin-

ter allem Absicht zu vermuten. Was sie für Bosheit hielt, war vielleicht nichts als eine etwas ungeschickte Offenherzigkeit. Diese ganzen überflüssigen Detaillierungen, mit denen er sie gequält, erscheinen ihr auf einmal nur wie Sondenstiche, durch die Pierre – zwischen seiner Leidenschaft für Bruggle, die Urwaldkatze, und seiner Zärtlichkeit für das junge Mädchen hin und her gerissen – sein Gefühl für sie prüfen wollte. Je mehr er sich also davon zu überzeugen wünscht, um so größeren Wert scheint er tatsächlich darauf zu legen.

Diana hat immer um Pierres Liebe für Bruggle gewußt und hat es ja auch selbst immer zugegeben. Aber heute abend erscheint ihr diese Liebe so bizarr, so wenig zu dem gehörig, den sie in Pierre sehen möchte, daß sie sie als Krankheit betrachtet und folglich als heilbar. Und übrigens, ist jetzt nicht dies alles unwichtig geworden? Liebt Pierre sie denn nicht? Dringt er nicht immer wieder in sie:

»Also was ist mit deinem Cloupignon? Ich will es wissen –«

»Du willst es wissen!«

»Ja, ich will wissen, woran ich mich zu halten habe.«

»Du willst wissen, woran du dich zu halten hast!«

Sie wiederholt die Worte wie eine Bettlerin, die das Tuch streichelt, das man ihr geschenkt hat, um sich damit zu kleiden. Daß er von ihr Rechenschaft verlangt in einem Augenblick, der für ihn, wenn auch nicht entscheidend, so doch immerhin schwierig ist, hat das nicht etwas ungemein Beruhigendes für sie? Und zärtlich und dankbar antwortet eine Stimme:

»Ich will dir alles sagen, Pierrot.«

Drohend klingt die Antwort: »Natürlich wirst du mir alles sagen. Ich rate dir, nicht zu lügen ––«

»Wenn ich es dir doch verspreche, dir alles zu sagen. Aber du darfst dich nicht mehr über Cloupignon lustig machen. Das wäre häßlich.«

»Nun fang schon an.«

»Also Pierre. Zunächst weißt du doch, daß Vetter Bricoulet allwöchentlich Mama bestürmt, sie möchte doch seine Frau werden. Ich glaube, daß sie selbst darauf brennt. Aber da sie weiß, daß ich Bricoulet nicht leiden kann – – –«

»Warum kannst du ihn nicht leiden? Ich möchte dich darauf aufmerksam machen, meine liebe Diana, daß du mit deinem edlen Verhalten das Leben deiner armen Mutter ganz einfach zerstörst. Hättest du ein wenig Gemüt, du würdest selbst ihre Hand in die des lieben Honoré legen. Und los ging's mit Pauken und Trompeten. Ich sehe schon die süße Hermine, im schwarzen Seidenkleid mit Chantillyspitzen, großem Samthut mit Paradiesvögeln und Tüllschleifchen, hochglänzenden Lackschuhen und zwei roten Nelken auf ihrem Silberfuchs. An Bricoulets Arm steigt sie die Treppen zum Standesamt des XIV. Bezirks hinauf. Und abends reist das junge Paar nach Italien. Ja, meine kleine Diana, wenn du ein wenig deine Pflichten kennen würdest – – – –«

Diana versteht nicht, warum Pierre plötzlich den Narren spielt. Macht er sich über ihre Mutter lustig, über Bricoulet oder über sie selbst? Sie findet keine Antwort. Aber er:

»Also weiter im Text.«

»Weiter, sagst du und wirst mich gleich wieder unterbrechen.«

»Ich unterbreche dich nicht. Ich gebe dir meinen Rat. Und bedenke, was für eine reizende Familie du haben wirst. Einfach göttlich. Warum darf ich nicht schon im voraus mich an ihren Vorzügen ergötzen, wo du selbst dich doch als erste daran freuen wirst. Wie wohl sich der liebe Cloupignon fühlen wird zwischen Hermine und Honoré, seinem geliebten Dianchen gegenüber. Übrigens, der Name Diana wird eine Sensation sein in der Geburtsstadt deines Zukünftigen.«

»Pierre, hör auf. Cloupignon ist doch noch gar nicht mein Verlobter.«

»Ich bin ganz beruhigt. Entsinnst du dich noch, wie er zum erstenmal bei euch zu Tisch war? Und wie geistreich du es mir geschildert hast!«

»Pierre.«

»Wie du den Abend in Schwung warst. Jedenfalls besser aufgelegt als heute abend! Bei deinen Worten sah ich ordentlich deine Mutter vor mir, mit ihrem Armband, angeblich aus den Haaren der Kaiserin Eugenie, auf dem Busen an einer Platinkette ein Diamantkörbchen mit Blumen aus Rubinen und Saphiren, glitzernd unter dem Kronleuchter, dessen sämtliche Kerzen die brave Frau zu dieser feierlichen Gelegenheit angezündet hatte. Und weißt du noch die Geschichte von Cloupignon beim Dessert? Und seine komische Aussprache, die du so gut nachmachen kannst:

›En dör kloinen Knoipe, en dör ech spoise, est das Fräulein aus dör Kloiderablage en dön Oiskeller henoingefallen. Was moinen Sie, hat sie gebrochen? Nechts. Sie hat sech etwas zerressen. Raten Sie, was!‹

›Ihr Kleid‹, riet Bricoulet.

›Noin, necht.‹

›Ihre Bluse‹, riet Frau Blok.

›Noin, auch necht.

Sie erren sech boide. Das Fräulein aus dör Kloiderablage hat sech, als sie en dön Oiskeller henoinfiel, die Melz zerressen.‹

Ja, meine liebe Diana«, schließt Pierre, »du wirst die Frau eines geistvollen Mannes werden.«
Diana weiß nicht recht, wie sie sich gegen seinen Spott verteidigen soll. Sie ist mutlos. Sie glaubt immer noch an Pierres Eifersucht, und um ihn zu beruhigen, würde sie ihm gern den ganzen Cloupignon, wie er da ist, preisgeben. Inzwischen holt sie einen Brief aus ihrer Handtasche, um ihm zu zeigen, wie wenig ihr an Cloupignon liegt, reicht ihn Pierre und erklärt:
»Ein Brief von Cloupignon. Als ich ihm klargemacht, daß ich auch nicht im Traume daran denke, seine Frau zu werden, schwor er, mich zu erobern. Er schreibt mir einen Tag um den andern. Heute abend bekam ich gerade ein kleines Gemälde seines Innenlebens, mit einer Unmenge von Parenthesen, Anführungsstrichen und eckigen Klammern in blauer und roter Tinte.«
Diana spricht sehr hastig. Sie hat wieder Angst. Sie wagt es nicht, Pierre anzusehen.
»Sag ja oder nein. Heiratest du Cloupignon?«
»Nein.«
»Sehr töricht von dir. Dieser vernünftige, kluge, korrekte junge Mann wäre grade das Richtige für dich.«
»Pierre, mach dich doch nicht lustig über mich.«
»Wenn du dir im Grunde deines Herzens nicht wünschen würdest, Cloupignon zu heiraten, so würdest du doch diese Korrespondenz nicht aufrechterhalten. Du würdest seine Briefe kaum öffnen. Aber gib es nur zu, du bist ganz stolz darauf, daß ein Doktor ing. et. phil. sich herabläßt, dir eine Bilanz seines Innenlebens zu schreiben. Gib es nur zu.«
»Ich bitte dich, Pierre, sei ernsthaft.«
»Ernsthaft? Du bist köstlich! Wer hat mir die Geschichte von der Garderobiere und der zerrissenen Milz erzählt?

Wer zeigte mir eben die vertrauliche kalligraphische Bilanz des Innenlebens unseres lieben Cloupignon? Diana, die Komödie hat schon zu lange gedauert. Hast du noch nicht erraten, daß ich heute abend unsere Lügen satt bekommen habe?«

»Es gibt gar keine Lügen zwischen uns. Wir brauchen uns nicht anzuklagen. Du hast mich nie belogen, Pierre. Ich weiß alles von dir.«

»Du weißt alles. Armes Mädchen! Ich auf jeden Fall, ich weiß genug. Mit mir machst du dich über Cloupignon lustig, und wenn ich abwesend bin, lachst du vermutlich mit ihm über mich. Sag einmal, was erzählst du ihm von mir, um ihn zu amüsieren?«

»Pierre, ich flehe dich an.«

»Du erzählst ihm, daß ich Bruggle liebe. Und er ist vermutlich ganz stolz darauf, dieser blöde Kleinstädter, daß er eine Frau mit so eigenartigen Beziehungen heiratet. Wenn du ihm einen besonderen Spaß machen willst, so kannst du ihn ja darauf aufmerksam machen, daß die Anfangsbuchstaben von Pierre Dumont geradezu ein Omen sind für diese Art von Abenteuern.

»Pierre, ich bitte dich. Man kann uns hören.«

»Man kann uns hören? Wie reizend. Wegen der drei Kellner und der zwei Gäste, die im übrigen halb betrunken sind, willst du dich einer notwendigen Auseinandersetzung entziehen?«

»Notwendigen Auseinandersetzung? Seitdem wir am Tisch sitzen, versuchst du mit allen Mitteln einen Zank heraufzubeschwören. Vorher hast du mich durch dein Schweigen gequält.«

»Habe ich dich durch mein Schweigen gequält? Wie schön du dich ausdrückst!«

»Pierre, du machst dich lustig, weil du weißt, daß du unrecht hast. Aber ich will deine Ungezogenheiten vergessen. Du bist unglücklich.«
»Gar keine Idee. Ich bin noch nie so glücklich gewesen.«
Diana neigt den Kopf. Er faßt ihre Handgelenke und drückt sie, bis sie den Kopf wieder hebt und er, ihr voll in die Augen sehend, wiederholen kann:
»Ich bin noch nie so glücklich gewesen!«
Diana preßt die Lippen zusammen, kann es aber nicht verhindern, daß zwei Tränen langsam über ihr Gesicht rinnen.
Pierre sieht die Tränen nicht. Er sieht nichts, er hört nichts.
Er steht auf, und Diana steht mit ihm auf. Sie sind beide plötzlich auf der Straße, einer immer neben dem andern, ohne daß sie einander berühren, wie zwei Schlafwandler, die immer in der gleichen Richtung ihren gefahrvollen Weg gehen.
Pierre spricht.
»Ich weiß, daß du früher oder später Cloupignon oder so was Ähnliches heiraten wirst. Schluß mit der Romantik. Ich bin kein Übermensch, Diana. Ich bin nur ein armer Kerl, ein gemeiner Kerl vielleicht, aber du bist keine Amazone. Wenn du in deinem Irrtum verharren willst, wenn du fortfahren willst, die heilige Eulalie zu spielen, wie meine alte Kinderfrau immer sagte, wenn du dich auf Jungfräulichkeit und Malerei spezialisieren willst, so wirst du binnen kürzester Zeit vor lauter Keuschheit und Mißgelauntheit ranzig sein. Eine schöne Zukunft. Ich sehe schon den kleine Salon in der Avenue d'Orléans, in dem du deine einsamen Abende verbringen wirst. Rasch kommt die Zeit des leicht angegrauten, allzu kurz geschnittenen Bubenkopfes. Und weil du nicht mehr den Mut haben wirst, dich über deinen Spie-

gel zu beugen, wirst du in deinen alten Erinnerungen kramen, um dir schließlich selbst einzureden, daß du auch in deiner Jugend für niemand Anziehungskraft besessen hättest.

Eines schönen Tages aber wirst du in einem Eisenbahnzug, der dich nach Florenz oder Granada führt, nicht umhin können, das Glück eines jungen Paares neben dir zu beneiden und wirst Cloupignon, der unterdessen Senator wurde, nachtrauern. Endlich wirst du dir ein maßgebendes Urteil bilden können über die Lichtabstufungen in St. Tropez, Pont Aven und Barbizon, über flache Absätze, Schildpattbrillen und die Lüge einer Liebe, der du eigensinnig und scheinheilig immer noch nachzuhängen vorgibst. Wie viele Jahre willst du noch warten, um dir einzugestehen, daß dir im Grunde Nietzsche, Kant und die Kritik der reinen Vernunft, die Kultur des Orients und die Relativitätstheorie, das Denken mit D und die Kunst mit K, groß geschrieben, völlig wurst sind.

Höre, Diana, ich habe dir gesagt, daß ich unsere Lügen satt habe. Schon längst will ich jeden Tag mit dir sprechen und habe es immer wieder auf morgen verschoben. Ich war in gewissen Dingen sehr offen, wenn auch nur relativ offen, um den Kern der Sache um so besser maskieren zu können. Meine Abenteuer, und womit ich meine Zeit verbrachte, habe ich dir nicht verborgen, aber doch immer so, daß sie für dich nichts Durchsichtiges hatten und du nichts von meiner Seele erraten konntest. Daß du mein Leben kennst und ich das deine, kann nichts daran ändern, daß unsere Gedanken tatsächlich einander fremd geblieben sind. Du weißt, daß ich mit Bruggle schlafe, und ich weiß, trotz der Komödie, die du mir schlau vorspielst, daß du nie mit einem Menschen geschlafen hast. Aber glaubst du, das genügt?

Unsere Schwäche war es, das Trennende in uns nicht erkennen zu wollen. So glaubte ich aus Feigheit, nur um mein Gewissen zu beruhigen, lange Zeit, du seiest von übermenschlicher Güte. Und ebenso dumm und schlecht war es von mir, als ich zum Beispiel heute abend versuchte, dich ganz einfach zu verachten. Du aber, Diana, warum umgibst du mich mit diesem Schein von Romantik? Du wolltest dich einfach über deine innersten Absichten belügen. Noch jetzt würdest du lieber sterben als dir eingestehen, wenn du Cloupignon laufen ließest, tatest du es nur in der Hoffnung, eines Tages doch noch meine Frau zu werden. Du machst dich lustig über die Bürgerlichkeit und die gesicherte Existenz deines Doktor ing. et. phil., tatsächlich aber hast du für dich und mich niemals etwas anderes gewünscht.

Darum ist es an der Zeit, zu verstehen, daß zwischen dir und mir niemals ein wahres und einfaches Glück möglich sein wird. Wenn ein solches Glück möglich gewesen wäre, begreifst du mich, Diana, du hättest nie etwas von dieser mitleidigen Liebe gespürt, an der du dich berauschst wie alle die, die wissen, daß ihr Reich nicht von dieser Welt ist. Und ich selbst, Diana, – endlich heute bin ich mir darüber klar geworden – hätte weder nach dir verlangt, noch hätte ich dich überhaupt ertragen, wenn du mir wirklich den Frieden hättest geben können, den deine Stimme, deine Hände und all deine Zärtlichkeiten mir immerfort versprachen.

Später vielleicht, wenn unsere Seelen sich über die Grenzen des Fleisches erheben, später vielleicht wird es uns erlaubt sein, uns zu einem endgültigen Glück zusammenzufinden. Jetzt aber, während der irdischen Wartezeit, verachtest du zwar die Menschen, die ihr ärmliches Glück beim Lampenschein in Hauspantoffeln finden, andererseits aber – und das ist der furchtbare Widerspruch – besäßest du nie, auch nicht wenn du am stärksten liebtest, die innere Kraft, dir etwas anderes als solch ein ärmliches Glück zu wünschen. Ich selbst, Diana, der ich mich an tödlichen Kämpfen berauschen wollte, ich selbst, der ich mir tagaus, tagein wiederhole, daß ich in Bruggle nur die Möglichkeit aller Gefahren liebe, ich gäbe meine Seele für dreißig Tage der Ruhe mit ihm. Und dabei würde ich auch ihn schon nach einer Woche unerträglich finden, wenn er aufhörte, das wilde Tier zu sein, vor dem ich Angst habe und das ich mit allen Mitteln zu zähmen versuche.

Diana, ich bitte dich um Verzeihung. Nicht wegen dieser Worte, sondern weil ich so lange gezögert habe, sie auszusprechen. Jetzt endlich habe ich erst verstanden, daß du nur an mir hängst, weil du weißt, daß ich nicht für dich da bin. Darunter haben wir beide gelitten. Wenn zwischen uns alles leicht gewesen wäre, was für Durchschnittsmenschen wären wir. Ach, und wir haben nicht einmal das Recht, auf unsere Leiden stolz zu sein, denn wenn wir einen gewissen Begriff von Größe haben, so geschah es, ohne daß wir es wollten. Und weder du noch ich hätten ohne ein Verhängnis, das wir noch jetzt verfluchen, den Mut gehabt, auf unsere friedliche Mittelmäßigkeit zu verzichten. Danken wir also unseren Herrn Vätern. Deinem für seinen Selbstmord, meinem für seinen Wahnsinn. Wir konnten mit ansehen, wie ihre beiden Ehefrauen, jede auf ihre Art, durch ein Geschick, das sie unschicklich fanden, ganz aus dem Gleichgewicht gerieten. Sie konnten sich nicht davon erholen, wie wir übrigens auch nicht.

Aber wir, Diana, du und ich, geben wir es zu, daß es unser Glück war, ein Drama erlebt zu haben. Ich war niemals so zufrieden als an jenem Tag, da ich merkte, daß mein Vater verrückt ist. Meine ganze Kindheit hatte ich mich so furchtbar gelangweilt. Welche Überraschung, als er eines Abends anfing, meine Mutter zu beleidigen: ›Tugendhafte, süße Louisa! Du heuchlerische Kröte, du! Du hast mir die Syphilis ins linke Ohr gegossen.‹ Meine Mutter sah ihn verständnislos an, er stand auf, ohne ein Wort zu sprechen, und preßte die Handgelenke seiner Frau: ›Meuchelmörderisches Eheweib, schwarze Hure, du wirst mir darüber Rechenschaft ablegen.‹ Ich bebte vor Angst. Trotzdem war es mir eine heimliche Freude zu wissen, daß ich von jetzt ab immer etwas in Reserve haben würde, woran ich denken könnte, wenn ich mich wieder langweilte.

Als später das Thema ›väterlicher Wahnsinn‹ an Interesse zu verlieren begann, fand ich meine Zuflucht in Angstträumen, in denen die Brüste der Mädchen mich quälten, zu denen mich meine Kameraden geschleppt hatten. Alle Arten von Brüsten, schmächtige und üppige, runde und längliche, starrende braune und pappige weiße.

Und wenn man aus diesem Traum erwachte, so war die Erklärung leicht gefunden, daß einerseits Madame Dumont-Dufour mit ihren Quälereien dem Sohn einen Ekel vor pflichttreuen Frauen eingeimpft, andererseits der Oberst den Ekel vor Huren; denn ihnen verdankte ja dieser treffliche Held, daß er sich in solchem Zustand auf dem Wege nach Ratapoilopolis befand.

Da traf ich dich, Diana, unberührt, klug und gut. Ganz das Gegenteil dieser Scheusale, die meine Sinne reizten und zugleich meinen Ekel. Und ich glaubte, daß ich wirklich eine Frau würde lieben können – dich.

Von dir hätte ich einen Sohn haben wollen.

Doch eines Nachts in einem Angsttraum wurde ich mir klar

darüber, daß ich, nicht um dich in ihm zu lieben, ihn mir allzu schön erträumte. Und ich ängstigte mich vor seiner Schönheit.

Seit jener Zeit hörte meine Angst nicht mehr auf. Wäre ich stark genug gewesen, egoistisch zu sein, ich hätte dich schon seit Monaten nicht wiedergesehen, ich hätte mich gezwungen, nicht mehr an dich zu denken.

Gewiß habe ich mir oft gesagt, daß Bruggle die Krankheit ist und du die Genesung. Aber es geschah nur, um festzustellen, daß ich nicht genesen wollte. Wenn du dich plötzlich entschlossen hättest, Cloupignon zu heiraten, ich wäre froh gewesen, dich verachten zu können und dir nichts von all diesem hier, was dich schmerzt, sagen zu müssen.

Diana, ich bitte dich um Verzeihung.

Vielleicht war auch heute meine Ungeschicklichkeit noch nicht die Wahrheit! Vielleicht habe ich nur alles schwieriger und komplizierter gemacht aus Angst vor dieser einfachen Wahrheit? Dies eine steht fest, Diana. Seitdem ich Bruggle kenne, ist die ganze Welt und bist auch du mir gleichgültig. Ich hätte euch am liebsten totgeschlagen, alle miteinander. Was frage ich nach Gewissensbissen? Es handelt sich nicht mehr um mein Glück. Und ich habe nicht mehr die Kraft, ja nicht einmal mehr das Recht, Gewissensbisse zu haben.

Tu ich dir weh? Es geht ja nicht anders. Sag mir, daß es auch dir lieber ist zu wissen, woran du bist, daß dir der Wille zur Wahrheit, zur harten Wahrheit, lieber ist als dies Schwanken. Wenn du wüßtest, wie unglücklich ich noch eben im Restaurant dir gegenübersaß. Ich sah dich nicht, aber du drängtest dich mir auf durch deinen Schmerz wie ein Dunkel, das mich einkreiste. Und es war nur gerecht, daß ich darunter litt, denn ich war ja der Verantwortliche. Du hast nicht losgelassen.

Bruggle ist die Krankheit und du das Heilmittel. Aber noch einmal, ich will nicht gesund werden. Diana, du mußt mich lassen. Ich will nicht gesund werden, und was kümmert es dich, ob ich gerettet werde oder zugrunde gehe. Diana, ich kann nicht mehr. Ich habe Angst.
Schon weiß ich nicht mehr, woher ich die Kraft zu einer solchen Offenheit nahm. Diana, gib mir Gewißheit. Ich leide, Diana. Schwöre mir,daß du mich nicht mehr genug liebst, um mich jetzt hassenswert zu finden. Diana, sag es mir und sag es mir immer wieder, daß es dir ganz gleichgültig ist, ob ich gerettet werde oder zugrunde gehe. Antworte, Diana –«
Diana antwortet nicht. Sie setzen ihren Weg fort, zwei Schlafwandler, die sich nicht berühren. Ein Nebel ist um sie, und in dem kalten Flaum erscheint das Gesicht des jungen Mädchens wie eine kranke Frucht. Er aber, weil er Angst hat vor der Stille, fängt wieder an:
»Wenn du wüßtest, was die Entdeckung dieses Wesens alles für mich bedeutet hat, dieses Menschen, der, wohin er auch ging, was er auch tat oder sagte, immer zwischen Vorwürfen und Gewissensbissen hindurchglitt wie ein Fisch zwischen zwei Wellen. Er ist der einzige, der seine Rechtfertigung in sich selbst trägt. Der einzige, Diana. War ich eines solchen Wunders würdig? Entsinnst du dich noch, daß ich letztes Jahr eine Reise mit ihm machte? Wenn er an heißen Nachmittagen im Zug eingeschlafen war mit einem so reinen Schlaf, daß er nicht mehr menschlich schien, sondern wie eine Pflanze, schämte ich mich meiner heißen, vor Staub traurigen Hände. Am Morgen wagte ich kaum, die Augen zu öffnen und mich ihm, seiner Wärme zu nähern. Er war das einzige Geschöpf, die einzige irdische Realität, die mich zu leben bestimmte, ohne mit meinem Leben zu rechten.

Als dieses Leben wieder begann, fürchtete ich, den nicht wiederzuerkennen, der die Vernunft dieses Lebens war. Und ich fürchtete auch, daß er mich nicht wiedererkennen würde und nicht wiedererkennen wollte.
Mitunter war so viel Phosphor in seinen Augen, daß ich glaubte verbrennen zu müssen, wenn er mich noch länger ansähe. Weißt du, was das heißt? Verbrennen, wie Stroh verbrennen von einem Blick? Und dann allmählich, Diana, kamen die Gewissensbisse. Vielleicht wegen des Bösen, das ich dir antat, wegen all des Bösen, das ich dir früher oder später noch würde antun müssen. Wenn ich in meinem Zimmer allein war und von Arthurs Augen träumte, so sah ich die deinen hindurchscheinen, und sie tadelten mich, weil ich sie nicht genug liebte.
Eines Nachts wurde meine Angst so groß, daß ich aufstand und mich ankleidete. Ich lief zu ihm. Zuerst schimpfte er. Dann aber, als er mich vor Angst zittern sah, hatte er Mitleid. Und dann waren es seine Finger – seine Finger, hörst du, Diana? –, seine eigenen Finger und nicht die deinen, die mich geheilt haben. Du siehst, er kann deine Wunder tun. Du aber wirst niemals die seinen tun können. Und ich kann nichts, nichts für dich tun. Diana, wir dürfen uns also nicht mehr sehen.«
»Wir dürfen uns also nicht mehr sehen«, wiederholt ein Echo ganz nahe.
Das junge Mädchen, das weitergeht ohne ihn anzusehen, hört jetzt einen halbverschluckten Satz und ein Schluchzen, das um Verzeihung bittet. Und noch einmal muß sie Mitleid haben. Sie wendet sich nach ihm um und sieht, wie Pierre, einige Schritte hinter ihr zurückgeblieben, unbeweglich dasteht, die Hände vor das Gesicht hält und weint.
Ganz leise sagt sie: »Pierre, du sollst nicht weinen.«

Doch er, zwischen den Zähnen: »Diana, ich schäme mich.« Und sie wiederholt immer wieder wie einen Refrain: »Pierre, du sollst nicht weinen, du sollst dich nicht schämen. Warum diese Gewissenbisse? Ich habe dir nichts vorzuwerfen. Ich bin deine ältere Schwester. Das weißt du doch. Nichts als eine ältere Schwester.«

»Nichts als eine ältere Schwester. Diese Lüge aus Mitleid kann ich nicht annehmen, Diana. Könntest du mir schwören ——«

»Pierre, laß doch das.«

»Siehst du, immer wieder Mitleid. Aber ich will das nicht mehr. Man fühlt die gute Absicht zu sehr hindurch. Diana, deine Zärtlichkeit ist kein Trost für dich. Und für mich ist sie nur eine Qual – ein Unglück.«

»Sprechen wir nicht von deinem Unglück. Du sagtest doch, du seist heute abend der glücklichste aller Menschen. Bruggle erwartet dich. Geh zu Bruggle.«

»Ich gehe. Und du, Diana?«

»Ich? Ich gehe nach Hause. Auf Wiedersehen, Pierre.«

»Auf Wiedersehen, Diana.«

Zwei Hände streifen einander, die nichts voneinander fühlen und kälter sind als die Hände von Toten. Ein junges Mädchen entfernt sich wie erstarrt – will im Nebel verschwinden. Ein junger Mensch ruft sie mit einem Schrei zurück. Sie bleibt stehen, wendet sich umzukehren. Aber er, der wider seinen Willen schreit, ist verzweifelt über diese Regung und fängt an zu laufen, zu fliehen. Wollte er vielleicht nur, sie solle sich umwenden, damit er ihr noch deutlicher zeigen könne, daß alles zu Ende ist? Das junge Mädchen hat im Augenblick die letzte innere Kraft verloren, die ihren Körper noch aufrecht hielt. Sie krümmt sich vor Schmerzen. Ihre Füße tragen sie kaum.

Bald legt der Nebel sich Pierre auf die Lungen. Er versteht es ja auch nicht, richtig zu atmen – wie oft hat Bruggle ihm das schon vorgehalten –, und wären selbst die Elemente günstiger gewesen, er hätte doch nach hundert Metern Laufschritt nicht mehr weitergekonnt. Während er sich verschnauft, späht er nach allen Seiten, als fürchte er einen Verfolger. Nichts sieht er. Niemand.

Er fühlt sich allein, frei, und fast lacht er jetzt schon über seine Befürchtung. Es ist ja auch unmöglich, daß Diana so weit ginge, um zehn Uhr abends durch die Straßen von Paris hinter einem jungen Mann im Trab herzulaufen. Jetzt muß sie doch wohl endlich wissen, woran sie ist. Geradeso wie ihm es soeben klar geworden, daß das Souper mit Diana nichts anderes bedeutet als eine Brücke von Madame Dumont-Dufour zu Bruggle, von elenden Gewissensqualen zu reifen Freuden. Er hat gewählt und beglückwünscht sich dazu, endlich die richtige Wahl getroffen zu haben.

Frau Dumont-Dufour, Diana, Bruggle – die Winkel eines Dreiecks. Wie quälte sich Pierre damit, zwischen ihnen hin und her zu laufen. Nun, wo er in dem Winkel Bruggle sich ganz eingeschlossen weiß, wird er alles vergessen, was ihn verwirrt und täglich mehr gequält hat. Heute abend noch zeigte ihm der von seinem Atem beschlagene Spiegel ein wachsbleiches Gesicht und eingefallene Wangen. Und Arthur soll ihm nicht mehr die Worte höhnisch zurufen: »Du siehst wieder so krank aus«, die ihn immer so schmerzlich getroffen haben. Er bleibt unter einer Gaslaterne stehen, kneift sich ins Gesicht, schlägt sich die Backen, bis sie sich leicht rot färben, prüft sein Gesicht in einem Schaufensterspiegel, stürzt drei Glas Schnaps an der Theke der nächsten Kneipe hinunter, ruft ein Droschkenauto, und bald hält er vor Bruggles Haus.

Schon auf dem untersten Treppenabsatz klingen ihm die Töne eines Java entgegen, und vor ihm auf steigen alle Nächte in den Vorstadtschenken, Aufschriften in verschlungenen, erleuchteten Buchstaben, Wirtshausschilder, die wechselnd hell und dunkel werden – sie zwinkern, sagte Herr Arthur –, ausrasierte Nacken, rote Halstücher, allzu helle Stoffschuhe – über die Arthur sich immer besonders aufhielt –, feuchte Blicke, Augenlider, die wie Flügel zitternd sich auf- und abwärts bewegen, und Nüstern, ganz weit geöffnet, um sich an dem Geruch von Schweiß, Kirschwasser und jungem Fleisch zu berauschen.

Langsam steigt Pierre die fünf Treppen hinauf. Sein Herz schlägt sehr stark, denn schon stellt er sich Bruggle vor inmitten dessen, was er mit halb ironischem Lächeln seine Herrlichkeiten nennt. Das Atelier mit den venezianischen Laternen, den Wandbrettern voll bunter Flaschen und dem elektrischen Klavier, das Grammophon und Platten ersetzt. So hatte Herr Arthur sich ein Milieu geschaffen, das an die Orte erinnert, wo sich die jungen Boxer, Schieber und Pupen treffen; in seinen Augen ein höchst originelles Milieu und als Kuriosität anzusehen, ebenso wie Negerplastiken, Psychoanalyse und die Ile Saint-Louis.

Pierre hat es nie gewagt, Bruggle das vorzuwerfen, was er in Stunden der schlechten Laune am liebsten mit Snobismus bezeichnet hätte. Heute abend sieht er nur etwas Rührendes in dieser Vorliebe Arthurs und lächelt sogar in der Erinnerung an ein Abendessen, das ihm damals endlos erschienen war, ein Abendessen mit Arthur und einem Strichjungen,

der ihm als großer Künstler angekündigt wurde und sich als großer Künstler auf der Ziehharmonika entpuppte.
Dieser Künstler aus der Vorstadt diente damals bei der Marine, schlug nach Kräften Kapital aus seiner rosigen Haut und verdrehte all denen die Köpfe, die für Matrosenmützen mit roter Troddel schwärmten. Seine kräftige Natur ließ weder Ermüdung aufkommen noch irgendwelche Skrupel, die seinem Geschäft nur geschadet hätten. Und seine Begabung, mit Blicken zu flirten und mit wahrhaft ermutigender Schnelligkeit den Begierden, die er einflößte, entgegenzukommen, verschafften ihm leicht Nebenverdienste zu den fünf Sous, die sein täglicher Lohn waren. Dabei unterstützte diese Jungens noch ihre Uniform, die ihnen auch zu einer gewissen Anonymität verhalf. Unser Herr Arthur liebte seit je alles Ausgefallene, und so kam ihm die Idee, den Jungen gelegentlich eines Urlaubs zum Souper in ein Luxusrestaurant mitzunehmen, das diesem bisher verschlossen geblieben war, wegen seiner Apachenhosen und Arbeiterschuhe und des allzu bunten Wollschals, den er um den nackten Hals trug.
Der kleine Matrose war wie geblendet von dem Lichterglanz und höchst verwirrt durch die Würde des Oberkellners. Er wußte nicht, wie er seine guten, derben Ziehharmonikapfoten auf dem weißen Tischtuch placieren und was er mit all den kleinen Gabeln, die um den Teller herumlagen, beginnen sollte. Und um sich nicht allzu blöde zwischen Bruggle und Pierre auszunehmen, die so sachlich mit den Fischbestecken zu hantieren verstanden, machte er jedesmal, wenn eine Dame hereinkam oder ein Gang serviert wurde, aus Verlegenheit den gleichen Witz: »'s gibt was Schöneres, aber's kostet auch mehr.«
Und Arthur echote jedesmal mit einem Lachen der voll-

kommensten guten Laune: »Wenn es schöner ist, dann darf es auch mehr kosten.«
Nach dem Essen ging man auf einen Rummelplatz. Und als Pierre nicht mit in die Schreckenskammer kommen wollte, benutzten sie die Gelegenheit, ihn sitzen zu lassen. Wie immer scheute sich Pierre, an eine schlechte Absicht seines Freundes zu glauben, und ging zu dessen Wohnung, in der Überzeugung, er werde dort erwartet. Die Wohnungstür war nur angelehnt. Sofort legte er das zu seinen Gunsten aus, bis er auf der Schwelle von Bruggles Zimmer diesen mit der Matrosenmütze auf dem Kopf tanzen sah, während der andere, ein Glas in der Hand, ganz der Erinnerung an die Bars auf dem Quai Cronstadt hingegeben, immer wieder gefühlvoll vor sich hin sang:
»Und als mein Fleisch sich rieb an deinem Fleische!«
Herr Arthur aber, als habe er sich vorgenommen, in allem den kleinen Harmonikaspieler nachzuahmen, ging ans Klavier und begleitete sich zu einem Lied, das ihn ein Pariser Gigolo an einem schwülen Abend gelehrt hatte.
Erst als er zu Ende war, bemerkte er Pierres Anwesenheit.
»Hallao, Pierre, uas solls!
»Nichts.«
»Du wunschest etwas!«
»Nein.«
»Nimm Platz.«
»Nein.«
»Mach nicht deine Kopf. Bist du nicht glücklich, dann scher dich. Ich bin hier bei mir zu Hause. Ich habe die Recht auf meine Freiheit. Und ich uill, daß man sie achtet.«
»Deine Freiheit? Sag lieber, ›dein Egoismus‹.«
»Aoh? Genug.«

Und Pierre würgt an Worten, verliert sich in Reden, sieht schließlich nichts mehr, beißt, schlägt, beleidigt, so daß der Harmonikaspieler sich rasch aus dem Staube macht.
An all das will Pierre heute abend nicht mehr denken, während er die Treppen zu Bruggles Wohnung hinaufsteigt. Er bleibt stehen. Nun ist er nur noch wenige Meter entfernt von dem Menschen, den er so über alles liebt. Im Augenblick hat er alle Feindseligkeiten seiner Mutter vergessen und alle lästigen Auseinandersetzungen mit Diana. Wenn er sich von seiner Mutter lossagte und vor Diana geflohen ist, so geschah das eben für ein Wesen, dem man mit unbedingtem Recht und ohne jeden Vorbehalt alles andere opfern muß. Seine Liebe verwandelt ihm in diesem Augenblick wie Marienglas alle Farben seines Lebens.
Jetzt hofft er sogar, daß Bruggle ihm schon auf der Schwelle durch ein Wort oder eine Geste zu verstehen gibt, wie froh er darüber sei, daß er ihn allen anderen vorgezogen habe.
Seine Hand liegt auf der Türklinke, seine Finger klopfen an. Sie zittern dabei. Aber nicht vor Angst, sondern vor Glück und Erwartung.
Im Atelier tanzen ungefähr zehn Paare.
Der Hausherr ist damit beschäftigt, Cocktails zu mixen. Die rumänisch-skandinavische Dame schmiegt sich in die Arme eines kleinen Pupen und versucht einen Jazz zu tanzen. Eine Amerikanerin erklärt mit lauter Stimme, ihre Wohnung bestünde nur aus zwei Zimmern, aber die Wände des einen seien ganz mit ihren Ohrringen behangen. Sie ruft Pierre zum Zeugen an, und Pierre muß, noch bevor er Bruggle begrüßen kann, die ganze Sammlung von venezianischen Perlen, Kugeln und Ringen beschreiben, von kleinen Gold- und Silbertierchen und Kristalltropfen,

die immer abwechselnd an die Wand und an die Ohrläppchen der amerikanischen Dame gehängt werden.
Das elektrische Klavier schweigt, und Pierre benutzt den Augenblick, um der Amerikanerin zu entrinnen und sich Bruggle zu nähern. Aber schon steht die rumänisch-skandinavische Dame bei ihnen und rühmt ihren Tänzer:
»Er heißt Totor und ist neunzehn Jahre alt. Ein wahres Prachtexemplar und dabei ein Dichter. Dichter und Pupen sind ja heutzutage fast ein und dasselbe. Alle wahren Künstler sind Dichter. Alle wahren Dichter sind Pupen. Arthur Bruggle, mein Süßer, Sie sind ein großer Musiker, aber wenn Sie nicht das Herz eines richtigen Hallodri hätten – –«
»What is Hallodri!« fragt Bruggle.
Und die rumänisch-skandinavische Dame lächelnd:
»Oh, mein lieber Hallodri. Ein hübscher Hallodri wie Sie ist eine Hure mit Rosenherz. Eine Rose freilich aus rosa oder hellgrünem Seidenpapier. Nicht wahr, Pierre, Sie kennen ihn ja am allerbesten. Ist es nicht richtig, daß Arthur eine Hure mit einem Rosenherz ist!«
Pierre errötet und nickt stumm ein »Ja«.
Herr Arthur ist nahe daran, einen »Schock« zu bekommen, wie er zu sagen pflegt. Er macht ein gekränktes Gesicht. Im Grunde weiß er nicht, ob er ärgerlich sein oder lachen soll, und wiederholt immer wieder:
»Meine Dompteuse ist sehr unhöflich.«
Diese aber neckt Bruggle so lange, bis sie ein gewisser wilder Ausdruck seines Gesichts beunruhigt und sie seinen Zorn besänftigt mit einem: »Mein Lieber, Sie sind und bleiben doch der Abgott der ›Bals Musette‹.«
Arthur befürchtet immer noch, sie wolle ihn nur auslachen.

»Sie machen sich über mich lustig.«
»Aber nein, Liebster.«
Dann aber schluckt er das Kompliment ohne jeden Argwohn: »Abgott der Bals Musette.«
»Glauben Sie wirklich, daß ich den kleinen Jungen Eindruck mache? Daß sie mich elegant finden?«
»Sie beten Sie an, mein Lieber.«
Arthur ist entzückt. Er hat Erfolg. Dies festzustellen ist ihm durchaus angenehm, während er gar nicht schätzt, daß man ihn eine »Hure mit Rosenherz« nennt. Daß seine Dompteuse unhöflich ist, mag noch angehen. Aber daß Pierre ihre schlimmen Reden unterschreiben soll, das bringt ihn außer sich vor Wut. Seine Stirn faltet sich, und er zerpreßt viele »nonsens« zwischen den Zähnen. Pierre trinkt vor Verlegenheit seinen Cocktail in einem Zug herunter, während die Dompteuse wieder beginnt:
»Nicht wahr, mein Tänzer ist blendend? Wir, Bruggle und ich, haben ihn auf einem Ball an der Porte des Lilas entdeckt. Kein ›Bal Musette‹, eigens für die große Welt veranstaltet. Ein echter war es, und raten Sie, wie er sich nannte? ›Zum tollen Karnickel‹. Ist das nicht ein hübscher Name? Und wer, glauben Sie, trifft sich dort: die schwulen Lumpensammler*. Unerhört, nicht wahr? Schwule Lumpensammler? Totor ist auch einer. Und dabei sehen Sie nur, wie elegant er ist. Vor keinem Vortänzer am dänischen Hofe brauchte er sich zu schämen. Und Totor hat einen Busenfreund, einen ›Schuß‹, wie er sagt. Sie müßten die beiden tanzen sehen, ihn und Armand, seinen ›Schuß‹. Ist das übrigens nicht ein famoser Ausdruck! Armand nennen sie den ›Aufgeschlitzten‹, weil er einmal einen Messerstich in die

* Es gibt in Paris in der Nähe der alten Befestigungen ganze Viertel, la zone genannt, in denen die Lumpensammler wohnen.

Nabelgegend bekommen hat. Armand ist das kleine untersetzte Kerlchen dort drüben am Klavier, das neben Lucas steht. Meinen Sie nicht, Arthur, daß Totor und Armand, der Aufgeschlitzte, ganz gut etwas zum besten geben könnten? Ihren berühmten Walzer zum Beispiel. Ich glaube, ich werde sie noch vom Ballettmeister engagieren lassen. Sie sind besser als Nijinsky, aber weniger literarisch.
Und dieser verteufelte Lucas, der immer allen Leuten widerspricht und hundert Geschichten erfindet, um uns unsere Freunde im ›tollen Karnickel‹ zu verekeln. Sollte er auch ein menschliches Rühren fühlen? Er scheint Totors ›Schuß‹ nicht von der Seite zu gehen.«
Und durch das ganze Atelier hindurch wird besagter Lucas gerufen:
»He, Lucas! Beschlagnahmen Sie doch Armand, ›den Aufgeschlitzten‹, nicht ganz und gar! Wie kommen Sie übrigens dazu, da Sie doch angeblich für Frauen schwärmen. Dear Arthur, lassen sie das Pianola laufen, und los!«
Bruggles Gäste haben einen Kreis gebildet. Ein schriller Akkord. Armand und Totor beginnen zu tanzen.
Arthur hält jeden Kommentar für überflüssig. Er macht nur »Psst«, und kein Lärm stört mehr die Klänge des Klaviers. Trunken von Erfolg drängen sich Totor und Armand, der Aufgeschlitzte, aneinander, drehen sich, drehen sich wie von einem unsichtbaren Strom getrieben, dessen kleinsten Launen nachgebend. Dann plötzlich wieder zu sich gekommen, stehen sie vereint gegen die Elemente, gegen die Musik. Und in einem Marsch, von dem jeder Schritt als Drohung gelten könnte, scheinen sie die Revue ihrer unsichtbaren, aber sicheren Verbündeten abzunehmen. Die rumänisch-skandinavische Dame atmet mit weiten Nüstern und bewegter Brust wie ein Bändiger, der nichts von dem

Geruch seiner wilden Tiere verlieren will. Bruggle schließt ab und zu die Augen, um die Überraschung zu genießen, die tanzenden Paare auf irgendeinem Gipfel einer musikalischen Periode wiederzufinden. Pierre ist totenblaß. Sein Nachbar Lucas flüstert ihm zu:

»Wie lächerlich die sind mit ihrer Schwärmerei für die Pupenjungens. Haben sie zugehört, wie die rumänische Skandinavierin uns erklärte, Armand heiße ›der Aufgeschlitzte‹, weil er einen Messerstich in die Nabelgegend erhalten habe? Glauben Sie kein Wort davon. Man nennt ihn den Aufgeschlitzten, weil er am Blinddarm operiert wurde, die Wunde schlecht verheilte und er deshalb eine große Narbe zurückbehielt. Diese Schwärmerei für die Vororte und die schwulen Lokale schlechtester Klasse ist mir unverständlich.«

»Ich weiß, ich weiß«, antwortet Pierre, der eben einen Blick zwischen Arthur und Totor aufgefangen hat.

Er weiß ...

Arthur und Totor, der junge Fremde und der Apache von Paris, das ist wie Valenciennespitzen, die Schildbürgereien von Cambrai oder die Kuchen von Commercy. Im »Tollen Karnickel« der Ball der schwulen Lumpensammler. Ist die rumänische Skandinavierin, die schlau genug ist, um den Teufel zu betrügen, nicht manchmal von einer lächerlichen Naivität? Totor und, wie er sagt, sein Schuß Armand, der Aufgeschlitzte, tanzen wie Huren auf Sprungfedern, wie Puppen aus lebendigem Fleisch, die Bruggles Gäste gerne für gefährlich halten möchten. Arthur betrachtet Totor.

Pierre ist rasend, wenn er sieht, wie Arthur Totor mit einer Bewunderung anstarrt, die er vor den Quattrocentisten oder der Musik Bachs haben könnte. Ob die Welt für Arthur nur ein ästhetisches Spiel ist? Jedenfalls hat er Pierres

Bewegungen nie so aufmerksam verfolgt wie die dieses Strichjungen. Aber noch im Augenblick, wo die Eifersucht ihm die Kehle zuschnürt, zwingt Pierre sich zu lachen, denn, so denkt er, wenn er schon einem Wesen die ganze übrige Welt opfert, ihm die größten Verbrechen verzeihen würde, dann wäre es unsinnig, ihm wegen eines Blicks böse zu sein, sich aufzuregen und darunter zu leiden.

Er sucht nach Gründen, um stark zu sein: Arthur kokettiert weiter mit Totor, er soll sich diesen Totor doch nehmen und mit ihm machen, was er lustig ist. Jede Bewegung, jeder Gedanke, der diesem kleinen Pupen gilt, hat ja kaum mehr Wert, als wenn ein Kind seinen Hampelmann neben sich auf sein Kopfkissen legt. Ist nicht überhaupt alles hier – das Klavier und die Tänzer und die Gäste der rumänischen Skandinavierin, die dem Tanz zusehen wollten –, ist dies alles, was Arthur so ernst, beinahe leidenschaftlich betrachtet, nichts anderes als eine kindliche Naivität?

Diese Naivität rührt Pierre um so mehr, als Bruggle ihm oft in fast väterlich vorwurfsvollem Ton erklärt: »Du bist so infantil.«

Und weil Pierre ungeschickt mit Dingen und Erlebnissen umgeht und in seinem offenen Herzen zu stolz ist, um Vorteil aus den Menschen zu ziehen, versucht er sich selbst einzureden, alle seine Befürchtungen und auch sein Angstgefühl im allgemeinen, das er fast metaphysisch nennen möchte, seien etwas ähnliches wie die Angst, die er als dreijähriges Kind empfand, sich im Bois de Boulogne oder im Luxembourg zu verirren.

Während Pierre also jeder Überrumpelung des Lebens preisgegeben ist, wird Bruggle ganz im Gegensatz – dank seiner Kenntnis der Wirklichkeit, wie er es nennt – immer fähig sein, das Unglück durch Argumente der elementarsten

Vernunft aufzuhalten. Wenn er festgestellt hat, daß es in seinem Interesse liegt, sich überzeugen zu lassen, wird er die Sicherheit der betreffenden Theorie, wie auch die der Objekte und Tatsachen auskosten. Kein geheimnisvolles Gespenst wird ihn erschrecken. Vielleicht, daß es ihm einmal den Schlaf der Nacht stören wird, aber kein Echo wird einem solchen Angstruf folgen. Er wird nie Vergangenes oder Zukünftiges in sich einbeziehen.

Ein »kleiner Wilder« bleibt er, ein Wilder, der mit seinen eigenen Behauptungen und Hypothesen zufrieden spielt, wie eine Negerin mit einem Halsband aus Glasperlen. Wenn Pierre von seiner großen Angst spricht, die alle Dinge und Ereignisse trübt, antwortet er nur, daß kein Grund vorliegt sich Sorgen zu machen und daß ein Mensch, der sich in der Gewalt hat, sich nie in den Schlingen einer so vagen Romantik fangen lassen dürfte. Und sein letzter Beweis bleibt: der Mensch stamme eben vom Affen ab. Er ist selbst wie ein Kind des Urwalds, ob er sich für die Evolutionstheorie einsetzt oder ob er die Geheimnisse des Geistes zu lösen glaubt, indem er von dem Dasein der Käfer und Amphibien und von dem Gang der Gestirne fabuliert. Er versteht Pierre nicht und will ihn nicht verstehen. Pierre, der erklärt, daß in Wahrheit nur die Angst vor dem Unbekannten jede wissenschaftliche Theorie bewege. »Nonsens«, entgegnet Arthur ganz einfach. Und Pierre, der ihn mit der Zärtlichkeit einer Mutter für das Kind, das seine Fibel aufsagt, angehört hat, Pierre, der sich gar nicht einmal darüber ärgert, von ihm »so infantil« gefunden zu werden, lacht Arthur zu, der in dieser Geste Unterwerfung, eingestandenes Unrecht und Unzulänglichkeit sieht. Und während Bruggle Pierre infantiler denn je findet, denkt Pierre seinerseits, daß er Nachsicht mit Bruggle haben muß, der sicherlich ein großer Musiker sei, aber die Primitivität und rührende Kindlichkeit der Neger bewahrt habe. Und das Unglück erwächst daraus, daß Pierre sich zwar ständig Bruggles Unschuld vorhält, aber trotzdem nicht umhin kann, unter den Handlungen oder Worten dieser Unschuld zu leiden, deren Ausdruck manchmal für Härte, ja sogar für Sadismus gehalten werden könnte.

Im übrigen ist Pierre, der in Bruggle vor allem anderen dessen Jugend liebt, sich bewußt, daß diese Jugend weniger eine tierische Anmut oder ein lautes Lachen oder das Bedürfnis Arme und Beine zu bewegen ist als ein heller Egoismus, der ihn hindert, ein Unrecht oder sogar eine Brutalität einzusehen. So wird Arthur selbst im Augenblick, da er den Beweis einer unnötigen Roheit liefert, von seiner großen Milde überzeugt sein, oder aber er wird sich stärker fühlen, wenn er eine Gleichgültigkeit oder eine unverdiente Verachtung übertreibt; und ohne daß ihm je das Paradoxe im geringsten zum Bewußtsein kommt, wird er sich freuen und immer wieder freuen, »Abgott der Bals Musette« genannt zu werden; denn für ihn ist es sehr wichtig, über die kleine Welt der Boxer und der homosexuellen Lumpensammler der Porte des Lilas zu herrschen.

So faßt er jedesmal, wenn Pierre ihn »Herr Arthur« nennt, ein »neues Bewußtsein seiner Würde«, und dieses »neue Bewußtsein seiner Würde« trifft Pierre durch die Worte und Blicke, durch die es sich ausdrückt, jedesmal so, daß er nur um so mehr leidet. Arthur, der bei jeder Gelegenheit erklärt: »Ich verstehe es, meine Leute zu erziehen«, scheut sich auch nicht, Pierre öffentlich zu tadeln, ihn vor Dritten zu kränken, ihm zum Beispiel seine Unhöflichkeit gegenüber den Barjungens in der Vorstadt rücksichtslos vorzuwerfen. Dabei schleppt er ihn nur in diese Kneipen, weil er

seiner selbst und seiner Französischkenntnisse nicht sicher genug ist, um sich allein hinzuwagen. Und in seiner Wohnung legt er größten Wert darauf, daß man seinen Gästen von der Porte des Lilas alle Hochachtung bezeugt. Denn er schätzt ihre ausrasierten Nacken und ihre roten Halstücher, ihre Schiebetänze und ihren Jargon um so höher ein, als die Rumänin, vor der er im Grunde den größten Respekt hat, sie als geniale Tänzer und Dichter bezeichnet, die sich sogar mit Nijinsky, der für sie der göttlichste Tänzer aller Länder und Zeiten sei, messen könnten.
So halten sich Bruggle und seine Dompteuse für Propheten, weil sie einige Snobs eingeladen haben, um zwei junge Burschen nach den Klängen eines elektrischen Klaviers ihre Tänze schieben zu sehen. Als sie fertig sind, will Arthur vor Begeisterung fast zerspringen, und die Rumänin ruft abweschselnd im Takt »Bravo« und »Unerhört, mein Lieber«.
Totor und Armand, der Aufgeschlitzte, verneigen sich. Sie glühen vom Tanz. Bruggle zieht aus seiner Tasche ein schönes, seidenes Taschentuch – ein Geschenk Pierres –, um Totor die Stirn zu trocknen. Und als Totor es ihm zurückgeben will, sagt er:
»Behalten es.«
Pierre wird blaß. Bald darauf bemerkt Arthur, wie er allein in einer Ecke mit schon stark glänzenden Augen steht und trinkt. Er ruft ihn an:
»Hallao? Pierre, du langweilen dich!«
»Nein, Arthur.«
»Warum machst du denn ein Gesicht! Du bist wie in ein Stumpfsinn. Hallao, old boy, tanzen, tanzen.«
»Ja, Arthur.«
»Das schickt sich nicht, sich allein in einer Ecke zu besau-

fen. Und außerdem hättest du Totor und Armand auch zu ihrem Tanz gratulieren können. Uar das nicht unerhört, einfach unerhört?«

»Doch, ja, Arthur.«

»Also! Uarum hast du es ihnen nicht gesagt? Ich mag solche Manieren nicht. Die jungen Leute von der Porte des Lilas haben mehr Takt und Zartgefühl als die aus der Gesellschaft. Geh und sage ihnen etwas Nettes und frage Totor, ob er mag, daß du sein Porträt zeichnest.«

»Ich habe in diesem Augenblick keine Zeit, das Porträt deines Totor zu zeichnen.«

»Meines Totor? Höre, Pierre, laß diese alberne Eifersucht. Mach nicht wieder deine Kopf.«

»Ich bitte dich, Arthur.«

»Uenn du traurig bist, uenn du müde bist, kannst du ja weggehen. Aber ruinier nicht mein Soiree.«

»Ich werde ›dein Soiree‹ nicht ruinieren.«

»Das sagen du so. Aber ich ueiß, daß du es ruinieren wirst. Es uäre besser, du gehst.«

»Du willst, daß ich gehe, damit Totor bei dir bleiben kann.«

»Das geht dich nichts an. Ich haben ein Recht auf meine Freiheit.«

»Deine Freiheit ist Egoismus.«

»Scher mich in Frieden.«

»Du hast angefangen. Ich sagte ja gar nichts.«

»Du nichts gesagt, aber hattest dein unverschämtes Schweigen. Ich uill, daß man höflich ist mit meine Freunden.«

»Deine Freunde. Totor und Armand? Du weißt nicht einmal, woher sie kommen.«

»Ich habe sie auf eine Ball der Porte des Lilas im ›Tollen Karnickel‹ getroffen«, antwortet Bruggle in einem Ton, als wolle er sagen: Ich bin ihnen auf einer Soiree bei der Herzogin von Soundso oder der Prinzessin Soundso vorgestellt worden.

Pierre antwortet nicht.

Arthur fängt von neuem an:

»Los, geh und sag ihnen etwas Nettes.«

»Nein.«

»Du bist nicht höflich, du hast kein Takt.«

»Du hast zweifellos sehr viel Takt, wenn du dem ersten besten Strolch ein Taschentuch schenkst, das du von mir bekommen hast.«

Arthur hat plötzlich sein böses Gesicht, dem man ansieht, daß er sein eigenes Unrecht erkennt, aber nicht zugeben will, und der nicht weiß, was er unternehmen soll, damit sein Charme die Oberhand bekommt und recht behält. In solchen Augenblicken spricht er von seinen Rechten, nennt sich einen großen Künstler, rühmt sich, gleichzeitig ein Wilder und ein Gentleman zu sein, und schneidet schließlich mit einem ganz lauten »nonsens« oder »genug« jede Diskussion ab.

Die rumänische Skandinavierin, die einen Zwist ahnt, kommt zu ihnen.

»Klappt es nicht mit der Liebe?«

Bruggle erklärt auf seine Art: Pierre hat keinen guten Charakter. Er versucht »mein Soiree« zu ruinieren. Er kann sich nicht benehmen in der Welt. Er hat nicht einmal den Tänzern gratuliert, und er will nicht Totors Porträt zeichnen.

Die Dompteuse will Pierre ködern.

»Machen Sie doch ein Porträt von Totor, mein Lieber. Ich werde es Ihnen abkaufen.«

»Ich mache kein Porträt von Totor.«

»Warum nicht?«

»Weil er mir widerlich ist.«
»Totor widerlich? Ein so liebenswürdiger Junge!«
»Ich bitte Sie, lassen sie mich doch in Frieden.«
»Pierre, du weißt nicht, wo deine Chance ist. Ich habe ein Bild für dich verkauft. Ich kümmere mich um dich. Du hast kein Pfennig in der Tasche und willst nicht Totors Porträt machen und sagst deine Frechheiten.«
Die rumänische Skandinavierin versucht es noch einmal mit freundlichem Girren:
»Hören Sie, mein Lieber, die beiden Jungens sind doch bezaubernd.«
Und dann, ganz leise, mit verlogenster Liebenswürdigkeit:
»Ich werde Ihnen Armand, den Aufgeschlitzten, vorstellen. Lassen Sie mich nur machen, der ist ganz das Richtige für Sie. Arthur wird die Nacht mit Totor verbringen, und Sie werden, um sich zu zerstreuen, Armand hier behalten.«
Pierres Lippen sind aufeinandergepreßt.
Man fragt ihn: »Gut also? Einverstanden?«
Pierre erwidert keine Silbe.
Man läßt ihn stehen. Arthur stellt das elektrische Klavier wieder an und beginnt mit Totor zu tanzen.
Der Tanz Arthurs und Totors.
Arthur, Totor. Diese Namen sind kein Talisman mehr gegen die Wut. Arthur, Totor, eng verschlungen drehen sie sich und fallen, in höchster Ekstase aneinandergedrängt, auf irgendeine Sitzgelegenheit in nächster Nähe Pierres, der immer noch seine Eifersucht niederzukämpfen versucht. Totor macht den Kavalier, den Werbenden. Arthur hat Smoking und Weste ausgezogen, und seine Brust klebt an der des Strichjungen. Zwei Gesichter drän-

gen sich aufeinander. Beide umschlingen sich. Das Paar streift Pierre. Er hört ein leises: »Nice pimp, süßer, süßer kleiner Strolch.«

Pierre spürt ein heftiges Klopfen gegen seine Rippen. Er hat gewiß zuviel Kognak getrunken, das ist schlecht für das Herz.

Arthurs Finger flechten sich um einen ausrasierten Nacken, und die Hände des anderen ergötzen sich an einer Haut, die Pierre nur allzu deutlich unter dem Seidenhemd ahnt. Was hilft's, daß er sich ein ganzes Glas Gin einschenkt und es in einem Zug mit geschlossenen Augen hinuntergießt. Wie er die Lider aufschlägt, ist das Bild noch genau das gleiche. Nur drücken sich die Begierden noch deutlicher aus. Durch die rumänische Skandinavierin ermutigt, hat Arthur sein Hemd bis auf die Hüften fallen lassen. Da graben sich schon in seine nackte Brust die Zähne des Tänzers, der sich mit flachgedrückter Nase am frischen Fleisch berauscht, das ihm die Augen wie mit süßester Binde verschließt und ihn so kühn macht, nichts von seiner Begierde mehr zu verstecken, sondern sich in Zuckungen zu bewegen, die nur allzu deutlich sind.

Als das Klavier aufhört, fragt man sich, wie man die Tänzer trennen soll. Ein Kreis bildet sich um sie. Totors Zähne lassen die Beute nicht los, deren Geruch Pierre so genau kennt. Herr Arthur seufzt mit schwimmenden Augen. Die verliebte Hartnäckigkeit des kleinen Lumpensammlers schmeichelt ihm, und während seine Beine die des andern zum Zerbrechen drücken, bietet sich seine Brust als glückliches Opfer dessen Nägeln. Die Gäste beobachten atemlos das Schauspiel. Die rumänische Skandinavierin ist außer sich vor Begeisterung. Sie ernennt Armand, den Aufgeschlitzten, zum Arbiter elegantiarum, und hinschmelzend sagt sie:

»Ist das nicht herrlich schön, mein Lieber? Sie dürfen stolz sein auf Ihren Totor. Er ist wirklich ein kleines Wunder.«
Die Amerikanerin mit den Ohrringen lacht hysterisch, klatscht den beiden Jungen ermunternd zu und treibt sie an, als handele es sich um ein Spiel: »Go on, boys!«, während Lucas die Achseln zuckt und ärgerlich etwas vor sich hin murmelt. Pierre, der allein in seiner Ecke trinkt, empfindet es mit einer gewissen Dankbarkeit, daß Lucas weder die Freude noch die Neugierde der andern teilt.
Traurig löst er sich von allem, von allen.
Dies ist der Tag der Abrechnungen. Madame Dumont-Dufour, Diana, der Haß, die Freundschaft. Und jetzt Bruggle, die Liebe. Noch ein paar Schluck Alkohol, und die völlige Gleichgültigkeit wird erreicht sein. Also die Freiheit! Es lebe die Freiheit! Für Bruggle besteht sie darin, sich von einem Lumpensammler begehrt zu sehen. Selbst wenn Pierre nicht eifersüchtig wäre, diese Angelegenheit mit dem zweifelhaften Knaben, der auf einem Bal Musette schlechtester Klasse aufgetan wurde, hätte ihm wenig Achtung eingeflößt. »'s gibt was Schöneres, aber 's kostet auch mehr«, wie der kleine Matrose sagte, dem zuliebe Arthur ihn auf dem Rummelplatz versetzt hatte. An jenem Abend war es Pierre noch geglückt, den Matrosen hinauszugraulen. Heute wird er klug sein. Er wird Herrn Arthur den Burschen aus dem »Tollen Karnickel« gern überlassen. Bruggles neueste Passion! Um so schlimmer für ihn: »'s gibt was Schöneres, aber 's kostet auch mehr.« Er soll sich nicht beklagen. Er hat »die Recht auf sein Freiheit«, und »sein Freiheit« heißt Totor.
Pierres Freiheit wird auch einen Namen haben. Den schönsten Namen der Welt. Etwas Schöneres gibt es nicht, und auch nichts, was mehr kostet! Noch wagt er nicht, ihn zu nennen, obgleich er schon begonnen hat, sein Leben zu ver-

lieren. Noch ein Glas, ein Glas des Vergessens. Mag der andere sich die Brust, den Hals, den Rücken, die Beine, den Bauch, und was er sonst noch Lust hat, zerbeißen lassen. Pierre kümmert das einen Dreck. Pierre ist frei. Seine Freiheit, seine Freiheit, die ihm ganz allein gehört, heißt: Tod. Der Tod ist das Schönste, was Schöneres gibt's nicht. Jetzt wird er gleich ganz allein fortgehen, die Seine ist nicht weit von Arthurs Wohnung, und von einer Brücke --

»Nun, mein Teuerster, man ist böse?«

Die rumänische Skandinavierin will ihm Vorwürfe machen. Wenn sie ihn doch in Ruhe ließe! Aber sie wird sich wundern. Es soll ihr nicht gelingen, ihn noch einmal in Wut zu bringen.

»Nein, durchaus nicht. Ich bin gar nicht böse, ganz und gar nicht. Ich versuche nur, mich dem Niveau anzupassen. Als ich herkam, war ich etwas traurig. Aber jetzt, wie durch ein Wunder, bin ich lustig, sehr lustig sogar, ganz besonders lustig.«

Er hört seine eigene Stimme. Die Worte, die martialisch klingen sollten, sind unecht und zum Zerbrechen dünn. Die rumänische Skandinavierin sieht ihm forschend in die Augen. Entschlossen stellt sie fest:

»Arthur ist wirklich unmöglich, mein Lieber. Er hat ganz recht, wenn er sich einen kleinen Wilden nennt. Eine prächtige Bestie. Man hat mir erzählt, daß ich seine ›Dompteuse‹ genannt werde. Aber weder Sie noch ich werden diese Pantherkatze bändigen. Da, sehen Sie nur, er fängt schon wieder an mit Totor zu tanzen. Ist das nicht unerhört, mein Lieber!«

Arthur beginnt von neuem seinen Tanz mit Totor. Sie scheinen wirklich unzertrennlich. Sie scheinen verurteilt, ihr ganzes Leben lang aneinander zu kleben. Warum nicht?

Einer auf jeden Fall macht sich einen Dreck daraus. Das ist Pierre Dumont.
Wiederum streift ihn das Paar. Pierre lächelt. Nein, er lächelt nicht, er verzieht seine Lippen zu der Bewegung des Lächelns. Genau so, wie es Diana getan durch seine Schuld. Er hatte Diana geopfert. Wem? Einem kleinen Amerikaner, der als Tellerputzer nach Frankreich gekommen ist und für den das Glück, die Freiheit darin bestehen, halbnackt mit einem schwulen Lumpensammler zu tanzen. Wahrhaftig, kein Grund, um stolz zu sein. Heute ist er bestraft, wie er es verdient. Er hat ein Lächeln zwischen seine Wangen gehängt, aber die Maske ist gar zu durchsichtig.
Das Tänzerpaar streift ihn wieder und scheint sich über ihn lustig zu machen. Pierre preßt die Nägel in seine Handflächen, um Gleichgültigkeit heucheln zu können. Klägliches Hilfsmittel, das bald versagt. Es war unvorsichtig von dem Tänzerpaar, ein drittes Mal in seine Nähe zu kommen. Denn jetzt verzichten seine Nägel darauf, die eigenen Hände zu peinigen, und packen einen Hals, Arthurs Hals. Füße treten in Wut und Rache, nicht achtend auf die überraschten Schmerzensschreie, die sie verursachen. Endlich sind Totor und Arthur getrennt. Sie versuchen sich zu wehren und schütteln Pierre, der Beschimpfungen heult und nicht loslassen will. Die Gäste werfen sich dazwischen. Pierres Finger werden von einem Hals fortgerissen, der blutrot unter ihnen geworden ist. Er selbst ist weiß wie Kalk. Seine Lippen zittern.
Die rumänische Skandinavierin ist im Grunde ihres Herzens ergötzt durch diese Szene. Aber trotzdem möchte sie nicht, daß sie länger dauert, und versucht zu beruhigen:
»Hören Sie, mein Liebster, begehen Sie keine Tollheiten.«

»Tollheiten? Halt's Maul, alte Scharteke!«
»Benehmen Sie sich bitte anständig. Sie vergessen, mit wem sie sprechen.«
»Ich rede, wie ich will. Sie haben immer alles getan, um Arthur und mich auseinanderzubringen. Sie haben diese dreckigen Pupenjungen hergebracht.«
»Beleidigen Sie nur die Freunde Arthurs, wenn es Ihnen Spaß macht. Was gehen mich denn eure Angelegenheiten an. Arthur ist alt genug, um sich seine Abenteuer selbst zu suchen, wo es ihm beliebt. Bin ich vielleicht daran schuld, wenn Sie ihn mit Ihren Backfischhysterien ermüdet haben? Sie sind ja noch schlimmer als ein Kind, als ein zehnjähriges Kind.«
»Ich weiß hier jemanden, der ganz gern jünger wäre, als er ist.«
»Arthur, hören Sie seine Unverschämtheiten? Wie er mich beleidigt.«
Arthur hat sein Hemd wieder angezogen und seine Würde wiedergefunden. Er reißt die Augen weit auf und schreit:
»Du kannst jetzt fortgehen, Pierre, wo du mein Soiree ruiniert hast. Oh! Es ist häßlich von dir, daß du mein Soiree ruiniert hast.«
»Ich habe ›sein Soiree‹ ruiniert. Vier Snobs und zwei Pupenjungen! Wirst du denn niemals begreifen? Dein Leben lang wirst du mir zürnen, weil ich, wie du sagst, dir deine ›Chance‹ verdorben habe. Aber weißt du denn nicht, Arthur, daß es noch andere ›Chancen‹ gibt auf der Welt als dänisches Ballett und Erfolge der großen Welt? Arthur! Arthur!«
Es fehlt ihm die Kraft weiterzusprechen. Die letzten Worte stammelt er nur. Dann weint er wie ein kleiner Junge und

schämt sich dessen vor der rumänischen Skandinavierin und Arthur, die grinsend dabeistehen. Die beiden Burschen verspotten ihn und äffen sein Schluchzen nach: »Arthur! Arthur!« Die Rumänin grinst jetzt nicht mehr, sondern lacht aus voller Kehle, schüttelt sich förmlich vor Lachen, bis Lucas plötzlich Ruhe gebietet und leise zu Pierre sagt: »Ich bringe Sie nach Hause. Sie müssen vorher etwas Luft schöpfen, und morgen wird alles vergessen sein.«
Pierre ist willenlos. Er läßt sich anziehen wie ein kleines Kind. Er läßt sich hinausschleppen.
Die plötzliche Nachtkälte beruhigt ihn etwas. Er seufzt, und Lucas, der gesunde Mann, versucht ihn zu trösten.
Pierre erklärt mit ferner Stimme: »Wenn Sie mich nur gelassen hätten, ich hätte ihn bis morgen früh beschimpft. Alles zwischen ihm und mir sollte zu Ende sein. Ich hätte nie den Mut gehabt, so einfach fortzugehen. Ich war sein Sklave. Immer suchte ich nach Gründen und wollte mir weismachen, daß ich recht hätte, ihn so sehr zu lieben. Ich war nur deshalb unverschämt gegen seine Freundin, damit er mir nicht verzeiht, mich nicht mehr wiedersehen will. Ja, jetzt ist es aus. Ich bin glücklich, frei –«
Und leise wie im Traum wiederholt er die gleichen Worte, die er vor sich hingesprochen hatte, als Bruggle mit dem Lumpensammler tanzte:
»Arthurs Freiheit heißt Totor; 's gibt was Schöneres, aber 's kostet auch mehr!
Meine Freiheit, die mir ganz allein gehört –– was Schöneres gibt es nicht.
Meine Freiheit wird sein ––«
Doch schon wagt er es nicht mehr, das Wort auszusprechen. Er preßt seinen Arm gegen Lucas' Arm und fühlt sich hilflos wie ein Kind. Lucas spricht ihm zu.

»Arthur liebt sie. Er ist eben eine junge Bestie, ebenso grausam wie unschuldig.«
Pierre nickt ein »Ja«. Hat er sich das nicht hundertmal selbst vorgehalten, nur um Herrn Arthur nicht böse sein zu müssen? Natürlich, so ist es: Arthur ist eine junge Bestie, ebenso grausam wie unschuldig. Aber wenn Arthur Pierre liebt, dann ist doch alles andere gleichgültig? Schon vergißt Pierre seine ganze Wut. Er fragt: »Sind Sie sicher, daß er mich liebt?«
Doch Lucas gibt ihm weise Ratschläge: »Mein lieber Junge, lassen sie diesen Bruggle laufen, mit seinen bunten Hemden und seidenen Schlafröcken. Nehmen Sie sich ein frisches kleines Mädel, knutschen Sie sie ordentlich ab, und alles andere wird sich schon finden, nicht wahr? Heute abend wollen wir zusammen einen kleinen Bummel machen, und dann gehen Sie hübsch nach Hause. Vor allem feste pennen, und morgen ist alles vergessen. Wir werden Sie schon wieder in Ordnung bringen. Wo wohnen Sie eigentlich?«
»Nirgendwo. Ich habe mich heute mit meiner Mutter verkracht.«
»So? Gut, dann werden Sie bei mir schlafen. Ich werde Ihnen in meinem Arbeitszimmer ein Bett richten.«
»Danke, Lucas, gern.«
Lucas stellt fest: »Wir sind hier ganz in der Nähe vom ›Negritos‹. Ich möchte eine Freundin, eine kleine Negerin, abholen. Wollen Sie mit mir kommen?«
Pierre und Lucas im »Negritos«.
Schon an der Eingangstür fragt sie eine kleine Tänzerin, die wie eine schwarze Perle aussieht:
»Und Ihr Amerikaner? Warum ist er heute abend nicht bei Ihnen?«
Ihr Amerikaner. Immer wieder Arthur. Wird Pierre keinen

Schritt tun können, ohne immer dem gleichen Schatten zu begegnen? Er wünscht Lucas zum Teufel, der ihm die schwarze Fragerin anpreist und ihm erzählt, sie sei fünfzehn Jahre alt, er liebe sie heiß, sie heiße Djamilina, und so weiter, und so weiter.

Warum denn überhaupt über Djamilinas Wildheit ein Wort verlieren? Sie ist ein kleines betrunkenes Mädchen, läßt ihren Bauch zwischen den Schenkeln wackeln, wirft einen Blick, einen Handkuß und schließlich ihren ganzen Körper dem entgegen, den sich ihre kindliche Laune für heute abend ausgesucht hat. Djamilina hält sich für die Herrin der Welt. Sie betet ihre Freiheit an, gerade wie ein gewisser junger Mensch.

Freiheit! Was tun Sie nun mit Ihrer Freiheit, Herr Arthur? Ein junger Lumpensammler liegt in Ihrem Bett, unbeweglich neben Ihnen. Herr Arthur und sein Lumpensammler. Jetzt schlafen sie wohl. Zwei Wachspuppen. Wenn sie unempfindlich sind, so ist's, weil sie schon angefangen haben zu sterben. Das ist Ihre Freiheit, Herr Arthur. Eines Tages wird Pierre nicht mehr für Sie da sein, und Sie nicht mehr für Pierre. Inzwischen muß man trinken, um Geduld zu lernen. Lucas ist ein zu bleicher Kamerad, seitdem Djamilina die unnütze Obszönität ihrer Gebärden übertreibt. Djamilina, grausame Puppe, und Bruggle, Spielzeug, mit dem man lange spielen muß, ehe man alle seine bösen Eigenschaften kennt. Wenn heute nacht der Schlaf Bruggle versteint, morgen wird er nur zu neuen Raubzügen aufwachen. In dieser Nacht weint Diana durch seine Schuld, und Frau Dumont-Dufour giftet sich vor Wut durch seine Schuld. Nirgendwo auf Erden ist lebendiger Friede.

Man sollte, bevor man einschläft, sein Herz aus seiner Brust nehmen wie eine Brieftasche aus dem Rock. Aber weil man das nicht kann, ist alles Lug und Trug. Tanze, Djamilina. Leide, du bleicher Kamerad, gesunder und normaler Mann, der eben noch so weise Ratschläge erteilte. Djamilina, das kleine Mädel, klagt um vier Uhr morgens, daß sie keine Rechtschreibung kann. »Lehr mich Grammatik«, bittet sie, eine Hand sehr beschäftigt auf dem allzu heißen Oberschenkel von Lucas. Pierre sieht, wie diese Hand sich hin und her bewegt, wie die Nägel sich in den Stoff eingraben. Sie tut ihm weh, er stößt sie zurück. Sie fällt, schreit, weint, man führt sie zur Toilette, wo man sie zu beruhigen versucht. Pierre, allein am Tisch, trinkt den letzten Rest Champagner aus der Flasche. Er wartet nicht, bis das Paar versöhnt zurückkehrt.

»Page, meine Garderobe!«

Er beugt sich nach links, um zu fragen:

»Kommst du, Arthur?«

Keine Antwort. Pierre erinnert sich – Arthur, die jungen Lumpensammler – – Los also! Mut! Arthur? Seine Freiheit heißt heute nacht Totor. Pierre? Pierres Freiheit? Die Tür läßt sich öffnen. Gesegnet sei die Straße!

Es gibt ja auch eine Apotheke, die Nachtdienst hat.

Pierre kennt die genaue Dosis des Schlafmittels, die man nehmen muß, um nie mehr zu erwachen.

Er geht geradewegs dorthin.

Schon winken ihm die roten, grünen, violetten, gelben Glasflaschen wie Totenschmetterlinge.

Er tritt ein, kauft sein Medikament, umklammert es fest mit den Fingern und rennt in die nächste einsame Straße, wo Bänke stehen.

Er legt sich lang hin, verschlingt acht Tabletten, faltet die Hände über seinem Mantel und läßt die Nacht in seinen Körper eindringen.

Nacht, Kälte, Tod, Freiheit.
»Du Vöglein voller Bangen ––« Der Käfig ist leer, der Käfig ist allein. Was er eingeschlossen hielt, ist zu den Sternen gestiegen. Und schon kommt es verwandelt wieder herunter, ist ein Gesicht geworden mit geschlossenen Augen, mit vollkommenen Zügen, mit Wangen, weicher als Wachs. Und zwischen den Schatten der Schläfen, der Nüstern und des Kinns blüht plötzlich ein Blick auf –– ein Blick aus zwei ungleichen Augen. Dianas Auge, klar und traurig durch das Wissen um seine Grenzen. Bruggles Auge, das schönste menschliche Auge, das Pierre jemals gesehen hat; menschliches Auge und tierisches Auge zugleich, das auch die Liebe nicht zähmen kann. Pierre bittet die Augen um Verzeihung. Auch Diana, weil er das Tier der Frau vorgezogen hat. Das Tier, Bruggle, der kleine Wilde, noch in seiner Grausamkeit groß in Unschuld.
Ein Windhauch geht. Nichts kann ihn aufhalten.
Arthur. Er hat immer recht, und nicht Pierre, der schon eins wird mit dem Holz der Straßenbank. Kehle ohne Hitze, versteinter Körper, Gehirn, armselige Blume des Blutes, die in dem Gefäß des Schädels welkt.
Von der ganzen Welt bleiben nur zwei Punkte sichtbar. Bruggles Auge, Dianas Auge! Schon zehrt die Nacht an ihnen, sie nähern sich eins dem andern, und jetzt ist um sie das Leuchten einer großen Feuersbrunst.

V NOCH EINMAL HELFEN

Diana sah am nächsten Morgen im Spital, in das sie mit Frau Dumont-Dufour und ihrer Mutter gegangen war, um eine Leiche wiederzuerkennen, einen Knaben, so schön, daß sie glaubte, mehr vor Bewunderung als vor Schmerz weinen zu müssen.

Die beiden Mütter standen neben ihr, kerzengerade in ihren schwarzen Mänteln. Madame Blok an Tränen schluckend, Madame Dumont-Dufour so mager und zusammengezogen wie je. Und wenn sie die Lippen öffnete, klang ihre Stimme so falsch und kalt, daß Diana diejenigen bemitleidete, die diese Komödie, die Pierre freiwillig abgebrochen, noch weiter mitspielen mußten. Wird ihr Leben denn nie die Befriedigung kennen, zu der das so heißgeliebte Gesicht dort erstarrt war. Tod. Befriedigung. Diana fühlt ihre Brust wie zerrissen. Das Schluchzen schüttelt sie krampfhaft. Sie stürzt über den kindlichen Toten, der weiß im Weißen liegt. Ihre Arme umschlingen den erstarrten Körper, ihr Mund irrt über sein Gesicht, das langsam vor ihren Augen verschwimmt.

Man muß sie fortführen. Madame Blok und Madame Dumont-Dufour fassen sie unter die Arme, und schon ist man an der Tür, als der Anblick eines jungen Burschen auf der Schwelle Diana aufs tiefste erschreckt. Rasch reißt sie sich zusammen, als wolle sie sich auf ihn stürzen, ihn zu zerfleischen. Da sieht sie plötzlich Tränen auf einem Gesicht. Tränen, die den ihren ähnlich sind und Spuren des Schmerzes graben. Und ihre Lippen können sich gerade noch bewegen, um einen Namen zu murmeln.

Bruggle.

Madame Dumont-Dufour, die immer an ihre eigene Tugend glauben wird, entfernt sich mit durchbohrendem Blick, ganz in ihren Krepp und ihren Hochmut eingehüllt. Madame Bloks Mitgefühl kennt keine andere Aufgabe, als rasch der trauernden Mutter zu folgen.
Diana und Bruggle bleiben allein.
Und als Diana bemerkt, wie zwei Hände im Schmerz gerungen sind, deren Schönheit sie unerbittlich glaubte, hat sie im Namen des Toten Erbarmen mit dem Schluchzen Bruggles.
Pierre ist tot. Und dies Raubtier des Urwalds, das sie bis heute verabscheut hat, dies Geschöpf von unrührbarer und teuflischer Unschuld weint.
Diana hört, wie er leise bittet:
»Diana, Diana, er war der einzige, den ich auf der Welt liebte. Der einzige, an den ich dachte, wenn ich traurig war, wenn ich in meinem Zimmer allein war. Diana, Diana, warum ist er tot?«
Diana antwortet nicht, aber sie duldet, daß Bruggle, den Kopf an ihre Schulter gelehnt, weiterschluchzt. Bruggle; nun begreift sie, daß auch er ein Opfer ist. Ein verblendetes Kind. Pierre hatte ihr tausendmal beschrieben, wie er den Ozean in den Gesindekammern des Dampfers überquert hat. Er war so dünn, so arm, so bescheiden. Er kam als kleiner Wilder mit weit offenen Augen, hochfliegenden Träumen und dem unbezähmbaren Drang, geliebt und begehrt zu werden. Diana entsinnt sich, wie Pierre zum erstenmal von seiner Liebe sprach. »Das Kind der Mittnacht tanzte zwei Tage und gefiel.«
Das Kind der Mittnacht. Pierre ist tot. Bruggle hat seinen Rhythmus verloren. Weil Pierre tot ist, fällt Bruggle auf die Knie, ringt die Hände über den kalten Händen, den Hän-

den, die ihn vergeblich in ihren Träumen gerufen. Bruggle ist verwaist, auch er, und fragt wieder und wieder:
»Warum? Warum war in Pierre eine solche Glut, daß er mich zu allem fähig hielt?«
Warum war in Pierre eine solche Glut?
Diana, die fühlt, wie in Bruggle die Verzweiflung gleich einem Meer des Wahnsinns aufsteigt, hat wieder eine Stirn, auf die sie ihre Hände legen kann. Diana, die weder den Mut noch die Kraft hat zu verurteilen, versucht noch einmal zu helfen.

ENDE

Geboren am 19. August 1900 in Paris von Pariser Eltern, was ihm erlaubt, slavisch auszusehen. Gymnasium, Sorbonne, Fakultät der Rechte, Militärdienst bis Ende 1923, von daher der Eindruck, erst seit wenigen Monaten wirklich zu leben. Weder nach Tibet, noch nach Grönland oder gar Amerika gegangen, aber die Reisen, die an der Oberfläche nicht stattfanden, wurden in die Tiefe versucht. Kann sich deshalb rühmen, gewisse Straßen und ihre Hotels bei Tag und bei Nacht sehr gut zu kennen.

Verabscheut alle Ästhetizismen, egal ob Oxford und weite Hosen, Kinoängste mit deren schiefen Häusern, Neger und Jazz, Musettebälle und mechanische Klaviere etc. ... Würde gern für zukünftige Romane Figuren wiederfinden, die genauso nackt, genauso lebendig sind wie die Messer und Gabeln, die Frauen und Männer in diesen nicht zur Veröffentlichung bestimmten Geschichten verkörperten, die er sich als Kind erzählte. Hatte Untersuchungen für eine Dissertation über Diderot als Romancier angefangen, als er mit Marcel Arland, Jacques Baron, Georges Limbour, Max Morise, Roger Vitrac eine Zeitschrift gründete: Aventure, die es ihm wert war, das 17. Jahrhundert zugunsten des 20. zu vergessen. Da also lernte er Louis Aragon, André Breton, Paul Eluard, Philippe Soupault, Tristan Tzara kennen, und schließlich hatte er eines Tages vor einem Bild von Giorgio de Chirico die Vision einer neuen Welt. Er vernachlässigte endgültig den alten logisch-realistischen Dachboden, weil er begriff, daß es feige war, sich in räsonierender Mittelmäßigkeit zu vergraben, und daß er bei den wahren Dichtern weder Bild- noch Wortspiele fand, sondern sie,

und unter ihnen besonders Rimbaud und Lautréamont, ihrer befreienden Wirkung wegen liebte.
Hat an den ersten Hypnoseexperimenten teilgenommen, aus denen André Breton die Schlüsse für sein *Manifest des Surrealismus* zog. Hat also selbst feststellen können, daß der Surrealismus die unliterarischste und zweckfreieste der Bewegungen war. Und überzeugt, daß kein moralisches Leben möglich ist für den, der nicht empfänglich ist für verborgene Wege oder es ablehnt, die Wirklichkeit dunkler Kräfte anzuerkennen, hat er ein für allemal beschlossen, selbst auf das Risiko hin, für einen Don Quichote gehalten zu werden, einen Streber oder einen Verrückten, zu versuchen, durch sein Handeln und Schreiben die Barrieren aus dem Weg zu räumen, die den Menschen statt zu beschützen einschränken.
Sein erster Roman, *Détours* (Umwege N.R.F, 1924), ein Werk, ein Porträt (vergriffen), war ein Spaziergang im Vorfeld, an dem die Kritiker, und besonders Benjamin Crémieux, Edmond Jaloux, Albert Thibaudet, die Haltungen, die Bummeleien und die typischen Tollheiten des jungen Manns von heute wiedererkannt haben. *Mon Corps et Moi* (Mein Körper und ich, 1925), ein Roman, dessen Held all seine Abenteuer in sich trägt und dessen Gebärden und Figuren nur Vorwände sind, ist ein inneres Panorama.

Bibliothek Suhrkamp

Verzeichnis der letzten Nummern

737 Leonora Carrington, Unten
738 August Strindberg, Der Todestanz
739 Hans Erich Nossack, Das Testament des Lucius Eurinus
741 Miguel Angel Asturias, Der Böse Schächer
742 Lucebert, Die Silbenuhr
743 Marie Luise Kaschnitz, Ferngespräche
744 Emmanuel Bove, Meine Freunde
745 Odysseas Elytis, Lieder der Liebe
746 Boris Pilnjak, Das nackte Jahr
747 Hermann Hesse, Krisis
748 Pandelis Prevelakis, Chronik einer Stadt
749 André Gide, Isabelle
750 Guido Morselli, Rom ohne Papst
752 Luigi Malerba, Die Entdeckung des Alphabets
753 Jean Giraudoux, Siegfried oder Die zwei Leben des Jacques Forestier
754 Reinhold Schneider, Die Silberne Ampel
755 Max Mell, Barbara Naderer
756 Natalja Baranskaja, Ein Kleid für Frau Puschkin
757 Paul Valéry, Die junge Parze
758 Franz Hessel, Heimliches Berlin
759 Bruno Frank, Politische Novelle
760 Zofia Romanowiczowa, Der Zug durchs Rote Meer
761 Giovanni Verga, Die Malavoglia
762 Roland Barthes, Am Nullpunkt der Literatur
763 Ernst Weiß, Die Galeere
764 Machado de Assis, Quincas Borba
765 Carlos Drummond de Andrade, Gedichte
766 Edmond Jabès, Es nimmt seinen Lauf
767 Thomas Bernhard, Am Ziel
768 Ödön von Horváth, Mord in der Mohrengasse / Revolte auf Côte 3018
769 Thomas Bernhard, Ave Vergil
770 Thomas Bernhard, Der Stimmenimitator
771 Albert Camus, Die Pest
772 Norbert Elias, Über die Einsamkeit der Sterbenden in unseren Tagen
773 Peter Handke, Die Stunde der wahren Empfindung
774 Francis Ponge, Das Notizbuch vom Kiefernwald / La Mounine
775 João Guimarães Rosa, Doralda, die weiße Lilie
776 Hermann Hesse, Unterm Rad
777 Lu Xun, Die wahre Geschichte des Ah Q

778 H. P. Lovecraft, Der Schatten aus der Zeit
779 Ernst Penzoldt, Die Leute aus der Mohrenapotheke
780 Georges Perec, W oder die Kindheitserinnerung
781 Clarice Lispector, Die Nachahmung der Rose
782 Natalia Ginzburg, Die Stimmen des Abends
783 Victor Segalen, René Leys
785 Uwe Johnson, Skizze eines Verunglückten
786 Nicolás Guillén, Ausgewählte Gedichte
787 Alain Robbe-Grillet, Djinn
788 Thomas Bernhard, Wittgensteins Neffe
789 Vladimir Nabokov, Professor Pnin
790 Jorge Luis Borges, Ausgewählte Essays
791 Rainer Maria Rilke, Das Florenzer Tagebuch
792 Emmanuel Bove, Armand
793 Bohumil Hrabal, Bambini di Praga
794 Ingeborg Bachmann, Der Fall Franza/Requiem für Fanny Goldmann
795 Stig Dagerman, Gebranntes Kind
796 Generation von 27, Gedichte
797 Peter Weiss, Fluchtpunkt
798 Pierre Loti, Aziyadeh
799 E. M. Cioran, Gevierteilt
800 Samuel Beckett, Gesellschaft
801 Ossip Mandelstam, Die Reise nach Armenien
802 René Daumal, Der Analog
803 Friedrich Dürrenmatt, Monstervortrag
804 Alberto Savinio, Unsere Seele / Signor Münster
805 Henry de Montherlant, Die Junggesellen über Gerechtigkeit und Recht
806 Ricarda Huch, Lebenslauf des Heiligen Wonnebald Pück
807 Samuel Beckett, Drei Gelegenheitsstücke
808 Juan Carlos Onetti, So traurig wie sie
809 Heinrich Böll, Wo warst du, Adam?
810 Guido Ceronetti, Das Schweigen des Körpers
811 Katherine Mansfield, Meistererzählungen
812 Hans Mayer, Ein Denkmal für Johannes Brahms
813 Ogai Mori, Vita sexualis
814 Benito Pérez Galdós, Miau
815 Gertrud Kolmar, Gedichte
816 Rosario Castellanos, Die neun Wächter
817 Bohumil Hrabal, Schöntrauer
818 Thomas Bernhard, Der Schein trügt
819 Martin Walser, Ein fliehendes Pferd
820 Gustav Januš, Gedichte
821 Bernard von Brentano, Die ewigen Gefühle
822 Franz Hessel, Der Kramladen des Glücks

823 Salvatore Satta, Der Tag des Gerichts
824 Marie Luise Kaschnitz, Liebe beginnt
825 John Steinbeck, Die Perle
826 Clarice Lispector, Der Apfel im Dunkel
827 Bohumil Hrabal, Harlekins Millionen
828 Hans-Georg Gadamer, Lob der Theorie
829 Manuel Rojas, Der Sohn des Diebes
830 Jacques Stéphen Alexis, Der verzauberte Leutnant
831 Gershom Scholem, Judaica 4
832 Elio Vittorini, Erica und ihre Geschwister
833 Oscar Wilde, De Profundis
834 Peter Handke, Wunschloses Unglück
835 Ossip Mandelstam, Schwarzerde
836 Mircea Eliade, Dayan / Im Schatten einer Lilie
837 Angus Wilson, Späte Entdeckungen
838 Robert Walser, Seeland
839 Hermann Hesse, Sinclairs Notizbuch
840 Luigi Malerba, Tagebuch eines Träumers
841 Ivan Bunin, Mitjas Liebe
842 Jürgen Becker, Erzählen bis Ostende
843 Odysseas Elytis, Neue Gedichte
844 Robert Walser, Die Gedichte
845 Paul Nizon, Das Jahr der Liebe
846 Félix Vallotton, Das mörderische Leben
847 Clarice Lispector, Nahe dem wilden Herzen
849 Ludwig Hohl, Daß fast alles anders ist
850 Jorge Amado, Die Abenteuer des Kapitäns Vasco Moscoso
851 Hermann Lenz, Der Letzte
852 Marie Luise Kaschnitz, Elissa
853 Jorge Amado, Die drei Tode des Jochen Wasserbrüller
854 Rudyard Kipling, Das Dschungelbuch
855 Alexander Moritz Frey, Solneman der Unsichtbare
856 Kobo Abe, Die Frau in den Dünen
857 Thomas Bernhard, Beton
858 Felisberto Hernández, Die Hortensien
860 Jurij Trifonow, Zeit und Ort
861 Shen Congwen, Die Grenzstadt
862 Ogai Mori, Die Wildgans
863 Karl Krolow, Im Gehen
865 Gertrud von le Fort, Die Tochter Farinatas
866 Joachim Maass, Die unwiederbringliche Zeit
867 Stanisław Lem, Die Geschichte von den drei geschichtenerzählenden Maschinen des Königs Genius
868 Peter Huchel, Margarethe Minde
869 Hermann Hesse, Steppenwolf mit 15 Aquarellen von Gunter Böhmer
870 Thomas Bernhard, Der Theatermacher

871 Hans Magnus Enzensberger, Der Menschenfreund
872 Emmanuel Bove, Bécon-les-Bruyères
873 Max Frisch, Biografie: Ein Spiel, Neue Fassung 1984
874 Anderson/Stein, Briefwechsel
875 Rafael Sánchez Ferlosio, Abenteuer und Wanderungen des Alfanhui
876 Walter Benjamin, Sonette
877 Franz Hessel, Pariser Romanze
878 Danilo Kiš, Garten, Asche
879 Hugo von Hofmannsthal, Lucidor
880 Adolf Muschg, Leib und Leben
881 Horacio Quiroga, Geschichten von Liebe, Irrsinn und Tod
882 Max Frisch, Blaubart
883 Mircea Eliade, Nächte in Serampore
884 Clarice Lispector, Die Sternstunde
885 Konrad Weiß, Die Löwin
886 Tania Blixen, Moderne Ehe
887 Jean Grenier, Die Inseln
888 Thomas Bernhard, Ritter, Dene, Voss
889 Max Jacob, Höllenvisionen
890 Rudyard Kipling, Kim
891 Peter Huchel, Die neunte Stunde
892 Scholem-Alejchem, Schir-ha-Schirim
893 Ferreira Gullar, Schmutziges Gedicht
894 Martin, Kessel, Die Schwester des Don Quijote
895 Raymund Queneau, Mein Freund Pierrot
898 E. M. Cioran, Widersprüchliche Konturen
899 Thomas Bernhard, Der Untergeher
900 Martin Walser, Gesammelte Geschichten
901 Leonora Carrington, Das Hörrohr
902 Henri Michaux, Ein gewisser Plum
903 Walker Percy, Der Kinogeher
904 Julien Gracq, Die engen Wasser
906 Richard Weiner, Spiel im Ernst
907 Gertrude Stein, Jedermanns Autobiographie
909 Marie Luise Kaschnitz, Menschen und Dinge 1945
910 Thomas Bernhard, Einfach kompliziert
911 Alexander Kluge, Lebensläufe
912 Michel Butor, Bildnis des Künstlers als junger Affe
914 Wolfgang Koeppen, Der Tod in Rom
915 Catherine Colomb, Das Spiel der Erinnerung
916 Bohumil Hrabal, Sanfte Barbaren
917 Tania Blixen, Ehrengard
918 Bernard Shaw, Frau Warrens Beruf
919 Mercè Rodoreda, Der Fluß und das Boot
920 Adolf Muschg, Dreizehn Briefe Mijnheers
922 Anatolij Kim, Der Lotos

923 Friederike Mayröcker, Reise durch die Nacht
924 Stig Dagerman, Deutscher Herbst
926 Wolfgang Koeppen, Tauben im Gras/Das Treibhaus/
Der Tod in Rom
927 Thomas Bernhard, Holzfällen
928 Danilo Kiš, Ein Grabmal für Boris Dawidowitsch
929 Janet Frame, Auf dem Maniototo
930 Peter Handke, Gedicht an die Dauer
931 Alain Robbe-Grillet, Der Augenzeuge
933 Paul Celan, Gedichte 1938-1944
934 Leonid Leonow, Evgenia Ivanovna
935 Marguerite Duras, Liebe
936 Hans Erich Nossack, Das Mal und andere Erzählungen
937 Raymond Queneau, Die Haut der Träume – »Fern von Rueil«
939 Franz Hessel, Alter Mann
940 Bernard Shaw, Candida
941 Marina Zwetajewa, Mutter und die Musik
942 Jürg Federspiel, Die Ballade von der Typhoid Mary
943 August Strindberg, Der romantische Küster auf Rånö
945 Hans Mayer, Versuche über Schiller
946 Martin Walser, Meßmers Gedanken
947 Ödön von Horváth, Jugend ohne Gott
948 E. M. Cioran, Der zersplitterte Fluch
949 Alain, Das Glück ist hochherzig
950 Thomas Pynchon, Die Versteigerung von No. 49
951 Raymond Queneau, Heiliger Bimbam
952 Hermann Ungar, Die Verstümmelten
953 Marina Zwetajewa, Auf eigenen Wegen
954 Maurice Blanchot, Thomas der Dunkle
955 Thomas Bernhard, Watten
956 Eça de Queiroz, Der Mandarin
957 Norman Malcolm, Erinnerungen an Wittgenstein
958 André Gide, Aufzeichnungen über Chopin
959 Wolfgang Hoffmann-Zampis, Erzählung aus den Türkenkriegen
961 August Scholtis, Jas der Flieger
962 Giorgos Seferis, Poesie
963 Andrzej Kuśniewicz, Lektion in einer toten Sprache
964 Thomas Bernhard, Elisabeth II.
965 Hans Blumenberg, Die Sorge geht über den Fluß
966 Walter Benjamin, Berliner Kindheit, Neue Fassung
967 Marguerite Duras, Der Liebhaber
968 Ernst Barlach, Der gestohlene Mond
970 Christine Lavant, Gedichte
971 Catherine Colomb, Tagundnachtgleiche
972 Robert Walser, Der Räuber
974 Jan Józef Szczepański, Ikarus
976 Juan Carlos Onetti, Grab einer Namenlosen

Bibliothek Suhrkamp

Alphabetisches Verzeichnis